CAPODANNO PER DUE

Mia Dolce Signora

Barbara Morgan

Ghostly Whisper

ISBN 978-1-915077-33-2

Website: http://www.ghostlywhisper.com

Facebook: https://www.facebook.com/ghostlywhisperltd

Instagram: https://www.instagram.com/ghostlywhisperltd

Twitter: https://twitter.com/GW_BooksEtc

Whisper of the Heart

CAPITOLO 1

Oliver

Ho dato il meglio di me anche questa volta. Sono anni ormai che do il meglio di me. Per questo sono riuscito ad arrivare fino a qui. Mi sono impegnato fino a raggiungere il mio scopo. Il ruolo da protagonista, sempre. Non mi sono arreso mai. Ho perso, anche molto, durante il cammino. Ma arrendermi no, non fa parte di me.

Spettacolo della Vigilia di Natale, il teatro è affollato. Non guardo mai il pubblico mentre lavoro, ma ora che abbiamo terminato riesco a intravedere le persone tra le luci che mi colpiscono gli occhi. Sono solo ombre, in realtà. Spesso mi chiedo chi si nasconda nel buio. A volte cerco chi non c'è. Perché so che è capitato e potrebbe capitare ancora.

Gli applausi sono la più grande gratificazione per un artista. Ma io sono sempre stato abbastanza gentiluomo da condividerli con la mia partner, la mia occasionale compagna. *My Fair Lady*. Conosco il copione da talmente tanti anni da essere diventato ormai parte di me. A tal punto che potrei recitare qualunque ruolo risultando convincente. Amo e odio questo spettacolo. Come amo e odio i momenti che gli sono legati e che hanno segnato la mia esistenza. Come amo e odio anche lei, quella figura nel buio che cerco sempre e non trovo mai.

Quanto tempo mi ci è voluto per ottenere questo ruolo! Per me era diventata una questione di principio ormai, un'ossessione. Si sono pure inventati la scusa che ero troppo giovane, anni fa. Non mi sono arreso. Sono discreto o mediocre in molte questioni della vita. In altre sono addirittura pessimo. Ma in questo no. E non sono riusciti mai a convincermi che non valessi abbastanza. Finché Oliver Sutton è emerso dal nulla in cui hanno tentato di rinchiuderlo per diventare qualcuno in cui finalmente riesco a riconoscermi.

Prendo la mano di Doreen Randolph. È stata brava nel ruolo di Eliza, più o meno come al solito, ma non sarà mai la mia Eliza. E io, del resto, non sono mai stato lo stesso Henry Higgins con lei.

Lascio che Doreen venga applaudita come merita. Sono sempre stato un compagno di lavoro generoso con i colleghi. Quando tocca a me, mi inchino. Sono consapevole di meritare tutti gli applausi, tutti i riconoscimenti, ma mi dimostro umile come sempre.

Voltandomi verso Doreen scorgo una luce sul suo volto. Inizialmente credo che sia la luce dei riflettori. Poi mi rendo conto che una lacrima solca il suo viso, poi un'altra e un'altra ancora. Non capisco. Mentre chiudono il sipario per un istante, per poi riaprirlo ancora su di noi, penso che dovrei dire o fare qualcosa.

Sarà l'emozione? No, Doreen non è il tipo che si emoziona come una scolaretta alla prima recita. Non è quel tipo di persona per quel poco che la conosco. Ma del resto chi sono io per stabilire come sono fatte le persone? Ho commesso errori di giudizio che mi hanno condizionato la vita. Quindi non sono certo il più indicato ad occuparmi dei guai di chi mi circonda. A me interessa soltanto che tutto si sistemi per il prossimo spettacolo. Senza errori di percorso, senza inconvenienti.

Alicia

Non credo che il pubblico se ne sia accorto. E nemmeno i miei colleghi. Io invece lo so. Non sono me stessa, non ho dato il meglio in questi ultimi giorni. Mi conosco bene e lo so. Nulla di diverso apparentemente, ma è come se dentro fossi dominata da una costante tensione.

Continuo a ripetermi che è solo una mia impressione, quando so perfettamente che non è così. È come se la concentrazione e il sangue freddo si fossero dissolti in me, come per incanto. O meglio, per un sortilegio di pessimo gusto!

La mia Eliza Doolittle è stata perfetta anche stavolta. Ma solo perché la conosco abbastanza bene da interpretarla in modo convincente anche con l'anima altrove. Perché l'anima, anche contro la mia volontà stessa, è già volata a Londra. Si aggira per i quartieri, per le strade, in cerca di ciò che ho perduto e che mi è sempre mancato.

My Fair Lady fa parte di me da troppi anni per sbagliare. Non ci riuscirei nemmeno volendo, credo. Ora non mi resta che stringere la mano ai miei colleghi e uscire per ricevere applausi e riconoscimenti. Questo è stato il mio ultimo spettacolo qui a New York, almeno per un po'. Londra mi aspetta. Mi sono lasciata convincere da Magda Dwain a sostituire la sua attrice principale, Doreen Randolph, che dovrà subire un delicato intervento alle corde vocali.

Povera Doreen, non la invidio affatto! Proprio oggi a Londra ha recitato nel suo ultimo spettacolo e ora sarà costretta a restare a riposo per chissà quanto tempo. Magda a quanto pare non è riuscita a trovare una sostituta all'altezza del ruolo e delle sue esigenze. Io non ne sono del tutto certa, forse ha esagerato solo per convincermi. Comunque ho sbagliato, avrei dovuto rifiutare e restarmene qui al sicuro. Invece mi sono lasciata tentare. Ma Magda è stata la mia prima insegnante, la prima a credere in me tanti anni fa. E sa bene come minare le mie difese e abbattere le mie resistenze.

E con la sua abilità ha convinto anche il mio direttore qui a New York a concedermi temporaneamente in prestito a Londra. Solo che loro non immaginano quanto sarà difficile per me. Sono anni che non torno, anni che mi sento comprimere il petto al solo pensiero. E mi sento infantile per questo. Perché sono passati otto anni ormai e la gente normale solitamente tende a dimenticare e a continuare a vivere senza provare più lo stesso dolore opprimente.

La ferita è ancora lì, per me. E brucia sempre allo stesso modo. Però sono costretta ad ammettere che tra i vari sentimenti che si agitano in me una buona parte è occupata dalla curiosità. Curiosità di cosa mi aspetta, di come verrò accolta. Curiosità di scorgere cambiamenti nei movimenti, nei gesti, nel suono della voce. Nello sguardo.

Ora non ci posso pensare, non mi posso perdere in questa dolcezza vaga di un passato che mi ha totalmente distrutta. Devo sorridere, annuire, applaudire, inchinarmi con grazia. Tutto si ripete meccanicamente anche se non dovrebbe, lo so. Ho lavorato per arrivare qui. Ho dato tutto il mio impegno, tutto il mio cuore. Ci ho creduto fermamente. Ma non posso dimenticare chi mi ha aiutata e sostenuta. Chi mi è stato vicino e mi ha teso la mano nei momenti di bisogno.

Avrà pensato a me qualche volta nel corso di questi anni? Così, magari solo per caso. Magari quando non aveva nulla di meglio da fare e nessuna donna da conquistare, sedurre, ammaliare con l'azzurro del suo sguardo. Provo ancora dolore, frustrazione e una rabbia che non sono mai riuscita ad arginare, ad addolcire. Non sono mai riuscita a fuggirla né a negarla.

Io volevo troppo, io volevo tutto. Ma volevo soprattutto lui, nonostante non abbia mai voluto credermi. Forse perché per lui non è stato lo stesso. E io in otto anni non sono ancora riuscita ad accettarlo.

CAPITOLO 2

Oliver

Non indago sulle lacrime di Doreen. Non sono affari miei. Magari l'amante di turno l'ha scaricata. Fortunatamente non è mai stata il mio tipo e in ogni caso sono diventato bravo a evitare i problemi con le colleghe. Invecchiando ho imparato.

L'unico mio vero interesse, al momento, è lo spettacolo di Capodanno. Dopodiché mi ritirerò e me ne starò per conto mio, non ho voglia di aspettare l'anno nuovo facendo baldoria insieme agli altri. Il Natale mi tocca purtroppo, ma la notte di Capodanno lo sanno tutti che il mio umore vacilla tra pessimo e intollerante. Tutto è cambiato in una maledetta notte. E ciò che mi proponevo, ciò che sognavo è naufragato. La mia ingenuità non ha scusanti tranne il fatto di essere stato all'epoca troppo giovane e troppo stupido.

«Oliver...»

Magda Dwain, la nostra regista, mi blocca all'uscita del mio camerino prima che possa defilarmi e sparire per il resto della serata. Si vorrà complimentare oppure vorrà invitarmi a qualche festa a cui io non ho la minima intenzione di partecipare.

Mi fermo comunque e faccio finta di sorridere e ascoltarla. Si sarà ormai abituata al mio carattere poco socievole. Però lo spettacolo è andato bene e mi sento in forma quindi proverò a mostrarmi di buon umore.

«Oliver, quando riprenderemo tra due giorni dovrai provare con Rachel Taylor.»

Lo dice come se fosse la cosa più naturale del mondo. Ma io non ne comprendo il senso e tanto meno il motivo.

«Non voglio mettere in discussione le tue decisioni Magda, ma non mi sembra il momento di fare prove o esperimenti. Lo sai anche tu che Rachel non è pronta per un ruolo da protagonista. E non sappiamo nemmeno se mai lo sarà.»

«Avrei dovuto dirtelo prima, lo so.» Magda mi punta addosso gli occhi chiari, mi trapassano con un gelo che le ho visto poche volte nello sguardo. O forse non è gelo, è più una sorta di ansiosa preoccupazione. «Doreen non è stata bene ultimamente. Però in quest'ultima settimana le sue condizioni sono peggiorate.»

«Oh...» Non riesco ad aggiungere altro. Sono pessimo, lo so. Non sono in grado di recitare nella vita.

Comunque, se Magda voleva lasciarmi senza parole ci è riuscita. Che cosa potrà mai avere? Non ho familiarità con la concezione di "non stare bene". Magari un brutto male? Dannazione, non doveva capitare! Non ora. Sì, insomma, sarebbe sensato che mi dispiacesse per lei, soprattutto.

«Mi dispiace, Oliver. Io ho tentato fino all'ultimo…»

Doreen, tolti gli abiti di scena, ci raggiunge. Ha gli occhi rossi e l'aria profondamente infelice. Siamo in piedi davanti al mio camerino e io rimango in silenzio come un cretino, non sapendo cosa sia giusto dire in queste circostanze. Aspettando che siano loro a parlare. Sì, sicuramente ha un brutto male. Ma cosa si aspettano che dica io? Sono un uomo egoista, credo che lo sappiano. Al momento mi preoccupa soprattutto l'idea di perderla come partner sulla scena e di ritrovarmi con una sostituta impreparata e maldestra.

«Dovrò subire un intervento alle corde vocali» prosegue Doreen prima che io mi decida a dire qualcosa di sensato, gentile e premuroso al tempo stesso. «Sono andata per troppe volte oltre le mie possibilità, diciamo. Non posso più rimandare.»

«Quindi, ciò significa…» Ho capito cosa significa, ma credo che non riuscirò a convincermene fino a quando loro non si decideranno a dirlo.

«Doreen non potrà lavorare per un po'. Questo è stato il suo ultimo spettacolo.» Magda è più risoluta di noi e sa trarre le conclusioni in modo molto più rapido ed esplicito.

«No, non è possibile. Insomma, manca solo una settimana a Capodanno, anzi meno.» Stanno scherzando? Che utilità avrebbe sostituirla proprio adesso? «Se ha retto fino ad ora non vedo perché non dovrebbe...»

«Già ha rischiato troppo arrivando fino a oggi. Non possiamo permettere che Doreen subisca danni permanenti!»

Magda riprende a parlare e con poche frasi mi rimette al mio posto. Non perde mai la grinta, la vecchia. Altroché! E mi lancia quel suo sguardo sprezzante di rimprovero che mi fa anche sentire uno stronzo, un cazzone senza sentimenti e senza il minimo rispetto per il prossimo.

Doreen abbassa il viso in un'espressione delusa e costernata.

«Mi dispiace davvero tanto, Oliver. Io speravo davvero di riuscire ad arrivare a Capodanno, prima di...»

«Non è colpa tua.» Si dice così, vero? È quello che continuano a ripetere nei film quando è effettivamente colpa di qualcuno ma non glielo si vuol far pesare. Non che lo si pensi davvero, però. «Vedrai che andrà tutto bene, stai tranquilla.»

Le accarezzo la schiena dolcemente. Certo, lei può stare tranquilla. Sono io a non essere assolutamente tranquillo! Affrontare uno spettacolo con una protagonista femminile non all'altezza potrebbe essere la mia rovina, dannazione! Però devo far finta che non sia un problema.

Esco, devo uscire da qui! Prima di perdere il controllo lasciando che la mia furia esploda incontrollata. Prima di scoppiare e chiedere cosa diavolo aspettavano a rendermi partecipe del problema. Mi sento l'ultimo coglione della compagnia, oltretutto! Avrebbero dovuto comunicarmelo all'istante! Non voglio far sentire Doreen in colpa, sarebbe potuto accadere a chiunque. Però è effettivamente lei la causa dei miei guai al momento.

«Devo andare...» Mi devo muovere, non sono bravo nemmeno con i saluti di circostanza. Andrò a finire sicuramente in uno dei club o dei pub qui intorno a sfogare la mia frustrazione nell'alcool e nel letto di qualche sconosciuta. «Domani è Natale e devo trascorrerlo con i miei.»

Questo è vero, domani prenderò la direzione di Oxford e ci starò per un'ora o due al massimo. Giusto per manifestare la mia presenza.

Mi ritrovo al "Lion's Roar", entro e mi avvicino al bancone. Nessun pericolo che mi riconoscano. Qui si trova solo gente che non ha nulla a che fare con il mio ambiente e i poveri attori di musical non sono volti così noti da essere fermati per la strada. Almeno io non lo sono. Per ora.

Ordino un whisky, mi appoggio allo sgabello e attendo. Ringrazio appena quando il barista mi mette il bicchiere davanti. Non mi basterà per distrarmi, ne chiederò un altro e poi un altro ancora. Sicuramente nel mio appartamento avrei trovato di meglio di questa roba scadente, ma non avevo voglia di starmene da solo. Qui almeno posso stare a contatto con un'umanità distratta, ubriaca, ma presente. E sentirmene parte.

Appoggio il bicchiere sul bancone e mi prendo la testa tra le mani. Devo rimuovere il pensiero almeno per questa notte. Distrarmi, distrarmi completamente. Essere un altro.

«Ciao...»

Una voce mi giunge da dietro le spalle. Una voce femminile. Se tutto va bene per stanotte ho risolto. Spero sia abbastanza brava da distrarmi per qualche ora.

«Ciao...» rispondo svogliatamente mentre la proprietaria della voce si è sistemata al mio fianco appoggiando le braccia al bancone. «Posso offrirti qualcosa?»

«Lo stesso che prendi tu va bene.» Ecco, battuta tipica da film. La ragazza ha studiato.

Faccio cenno al barista. Ora mi sento più personaggio che mai. Inquadro la ragazza bionda. E mi rendo conto che non è una bionda qualunque incontrata in un pub. La indico con un gesto... Vuoto di memoria, come accidenti si chiama la biondina?

«Cheryl...» mi suggerisce lei con un sorriso invitante.

Sì, Cheryl. La nuova segretaria di Magda Dwain. Presa in prova per aiutare Louise, l'ormai attempata signorina tuttofare, segretaria storica della vecchia.

«Che ci fai tutta sola in questo postaccio, Cheryl?»

Bella domanda. Avrà vent'anni o poco più. Io se fossi una graziosa biondina ventenne non ci verrei sola in un posto così, pieno di tipacci bavosi.

«Non sono sola...» sospira assaggiando appena il drink che il barman le ha messo davanti. Si vede che le fa schifo ma si sforza. Esita prima di proseguire, si passa la lingua sulle labbra rosate. «Ci sei tu!»

Dalla risposta rifletto e medito su un finale serata. Calcolo rapidamente la differenza di età che mi separa dalla ragazzina vogliosa in questione. Che mi importa, basta che sia maggiorenne.

«Vero, ci sono io!»

Altro problema da non sottovalutare. Mai avventure con colleghe, l'ho giurato dopo... ecco, dopo! Respingo il pensiero all'istante. Ma Cheryl si può considerare una collega? No. Non ci avrò a che fare durante le prove o il lavoro. Potrebbe trattenermi l'idea che se Magda lo sapesse mi staccherebbe le palle e le appenderebbe nel suo ufficio come trofeo. Ma dovrebbe scoprirlo, per prima cosa. Seconda cosa, dopo la notizia devastante che mi ha dato stasera un po' di trasgressione mi è concessa!

Cheryl sembra pensarla esattamente come me perché mi massaggia la schiena con la mano, prima esitante poi più sicura, lasciando scorrere le dita, sperando di indurmi in tentazione. Intanto si appoggia voluttuosamente al mio fianco. Indossa un abitino che non lascia nulla all'immaginazione. Mi ritrovo il suo seno premuto contro il braccio.

Potrei ancora essere clemente con lei e mandarla a casa a festeggiare la Vigilia di Natale come una brava ragazza. Per connessione mentale mi rimbalza nella mente la battuta che Eliza Doolittle in *My Fair Lady* ripete incessantemente: "Sono una brava ragazza!"

Ma sembra che la qui presente Cheryl non abbia nessuna voglia di seguirne l'esempio. Anzi, a quanto pare ha voglia di trasgredire e magari raccontare alle amiche di essersi fatta il protagonista dello show per cui lavora. Va bene, per quel che me ne importa!

«Credo che andrò a casa.» Le battute sono sempre le stesse, non mi impegno più dai tempi dell'adolescenza ormai. «Ti va di venire da me a bere qualcosa di meglio di questa robaccia?»

Cheryl sorride, annuisce come se non aspettasse altro e si infila la giacca. Mi alzo e la prendo per mano, usciamo dal pub. Cerco di rammentare dove ho parcheggiato. Tra la rabbia, il disgusto per me stesso e la voglia di farmi questa bionda cerco uno spiraglio di lucidità mentale. Sì, improvvisamente ricordo.

Raggiungiamo la mia auto e la invito a salire. Guido fino al mio appartamento. La piccola segretaria vogliosa mi si appiccica addosso come una mantide. Spero che non mi divori alla fine.

Quando la invito a entrare nella mia casa di South Kensington non ricorda nemmeno più della mia offerta di un drink migliore di quello del pub. Ha in mente altro, decisamente. Un gesto, via la giacca, e l'abitino striminzito le cade ai piedi. Mi si preme contro e ricambio annoiato il suo bacio. Mi è passata anche la voglia, ho troppi pensieri ingombranti, ma non mi tirerò indietro. Mentre mi spoglia con gesti sempre più sapienti, io l'afferro per i fianchi e la guido verso la camera da letto. Si stende sopra di me e io non devo fare altro. Solo lasciare che accada. Domani sarà un altro giorno.

«Oh, Oliver...» sospira accarezzandomi il petto e scendendo a baciarmi. «Io... io non credevo di interessarti...»

Perché le donne devono sempre rovinare tutto? Interessarmi? Evito di darle una risposta che non le piacerebbe, la metto a tacere con un bacio e le accarezzo i glutei.

«Io da tanto avrei voluto...» prosegue lei. Ma perché non sta zitta?

Sì, da come mi è saltata addosso l'ho capito anche io che da tanto avrebbe voluto.

«Ho un sacco di problemi, cara...» Com'è che si chiama? Ah sì, Cheryl! «Cheryl... Ma tu mi piaci, certo.»

Spero di averla ridotta al silenzio. Mi metto sopra di lei, le afferro le braccia e le spingo indietro, scendo a baciarle il collo.

«Mmh... lo so... per quella questione di Doreen...» sospira spingendosi contro di me e accarezzandomi le spalle. Ma non lo capisce che deve tacere? «Però... stai tranquillo, io so... rilassati perché...» No, non lo capisce che così non mi rilasso affatto! «Io so che... Magda ha fatto chiamare una degna sostituta! Alicia Chamberlain, ti dice niente?»

È vero? Ha davvero pronunciato quel nome? Mi stacco da lei ricadendo dall'altra parte del letto. Dall'occhiata che mi rivolge suppongo che il suo sguardo rifletta il mio. Appare esterrefatta, incredula. In effetti l'ho respinta come se fosse l'essere più ripugnante sulla faccia del pianeta. Non lo è. Non lei, almeno. Quel nome lo è.

«Oliver...»

Mi si avvicina ancora e mi accarezza le braccia. Io la riprendo e l'attiro su di me. Non ha capito. Ovvio, come potrebbe? Vuole solo riprendere dal punto in cui ci siamo interrotti. Cerca le mie labbra e io ricambio, ma completamente assente a me stesso, ai miei gesti, al mio corpo.

No. Non Alicia Chamberlain. Non qui. Riprendo possesso della donna che mi si offre mentre nella mente e nelle membra un solo nome, un solo viso, un solo corpo permane nonostante la distanza e il tempo. Alicia.

Alicia

«Sei stata grandiosa, come sempre.» Fran, da otto anni mia assistente e amica, è come sempre positiva e incoraggiante. Anche quando non lo merito.

Io non mi sono sentita grandiosa, anzi. Ero tesa e sottotono. Ma l'importante è che nessuno se ne sia accorto.

«Grazie, Fran.»

Vivo nella suite di un albergo. Da anni ormai. Non riesco ad affrontare l'impegno di una casa mia. Preferisco essere ospite. Così ho la possibilità di andarmene senza troppe conseguenze e soprattutto senza fastidi.

«Andrai a casa per Natale, Alicia?»

Fran mi sorride mentre mi strucco davanti all'enorme specchio ovale della mia stanza. Ho l'aria stanca. Via la maschera, sono una donna come tante. Con i segni del tempo che ogni giorno lasciano sempre meno scampo.

«Io non ho una casa. Da tanto ormai.» Casa. Mio padre e la sua nuova moglie. I miei tre fratelli maggiori con le loro famiglie. Io che c'entro in tutto questo? Io vivo di spettacoli serali, di musica, di balli, di scene e battute rubate a un'altra vita, a un altro livello di esistenza. Io sono la star, la bella, la ribelle, la fuggitiva. Io sono la figlia di mia madre. «E comunque avrò tante cose da preparare per il viaggio a Londra.»

«Ma non dovresti stare sola a Natale. Se vuoi potresti stare da...»

Mi proporrà di andare a stare con lei, con i suoi adorabili genitori, con la sua adorabile famiglia, nella loro adorabile casetta di Philadelphia. Dirà che c'è posto anche per me e che sua madre sarebbe felicissima di rivedermi. L'apprezzo davvero, ma no. Ho bisogno di stare sola. Un bisogno fisico, non solo mentale. Ho sempre troppa gente intorno e devo mostrarmi gentile e compiacente. Non posso farne a meno. A volte mi sembra di continuare a lavorare, anche nella vita.

«Grazie davvero, Fran.» La blocco prima che termini la frase. «Ma non devo solo prepararmi per il viaggio. Devo anche pensare...»

Devo soprattutto pensare. Pensare al guaio in cui mi sono cacciata. Pensare a tutto il corso della mia vita e farne un quadro completo. Distruttivo, rovinoso, ma completo. Capire come mi sono ritrovata con l'anima a brandelli. Come potrei rischiare di ricaderci ancora, eppure non sono stata in grado di rifiutare.

Fran annuisce e si ritira nella stanza accanto alla mia. Ormai mi conosce. Sa bene che spesso non intendo davvero mandarla via o respingere la sua amicizia. Ma non sempre mi sento dell'umore adatto per le confidenze. Devo prima fare pace con me stessa, con il riemergere improvviso del mio passato, dei miei errori.

Avvolta nella mia camicia da notte candida, mi siedo sul letto. Apro il cassetto del comodino. Sono solo una povera donna distrutta, il più delle volte. Non sono la grande interprete, non sono l'attrice, la cantante. Non sono l'artista poliedrica di cui parlano i giornali. Il mio album dei ritagli, ecco chi sono. Frammenti della mia vita. La mia vita vera. I miei primi lavori come comparsa, immagini rubate durante le prove delle mie prime apparizioni.

Innumerevoli foto, articoli e ritagli della mia permanenza a Londra. Quasi dieci anni di gioie, dolori, speranze, delusioni. A diciotto anni credevo di avere tutta la vita davanti, tutta la carriera, tutta la felicità, tutto l'amore anche. Chiudo gli occhi sfogliando le pagine, non voglio vedere, non voglio soffermarmi, non voglio ricordare. Raggiungo la sezione famiglia. Mio padre, i miei fratelli, mia madre. Poi arrivano gli amici, i colleghi. Dave, il mio ex marito. Il figlio che abbiamo perso accarezza per un doloroso istante la mia mente. Ma non ci voglio pensare ora, non posso.

C'è un pensiero più opprimente, più devastante, più immediato. Oliver Sutton. Anni di lui. Troppi anni, prima, durante, dopo. Prima che si accorgesse di me, che mi vedesse come una donna. Durante il nostro tempo insieme, attimi rubati in cui quasi avevo dimenticato di vivere per me stessa perché era per lui che vivevo, che respiravo. E dopo. Dopo che me ne sono andata via da Londra. Ma ho continuato a raccogliere accanitamente ogni sua foto, ogni notizia di lui. Ogni sua sfida, ogni suo successo.

Non c'è mai stata distanza che mi separasse da lui, non c'è mai stato un oceano e non ci sono stati otto anni di separazione. Io l'ho seguito come l'ammiratrice più accanita e assidua. Io ho cercato di lui, giorno dopo giorno. Io non ho saputo resistere all'opportunità di rivederlo. Io non sono stata in grado di rifiutare. Avrei dovuto, lo so. Ma non ci sono riuscita.

CAPITOLO 3

Oliver

"Il fumo fa male. Il fumo ti rovina le corde vocali." Lo so da me, cazzo. Non ho bisogno della sua voce che nella mente mi ripete quelle parole. Con il suo tono ridente ma severo al tempo stesso. La mia rovina. Quella donna tornerà ad essere la mia rovina. E per la cronaca, sì, sono davvero l'ultimo coglione della compagnia. L'ultimo a sapere le cose, anche quelle che lo riguardano direttamente.

Sono fuori sul balcone di casa. Cinque del mattino del giorno di Natale. Praticamente notte, tanto è buio. Voglio sentire il freddo, il freddo vero. Oltre al fumo di una sigaretta presa da un pacchetto che conservo per le occasioni particolari. Rischio di raffreddarmi e di rovinarmi la voce in un tutt'uno. Sono in fase masochista cinico, al momento. Lancio un'occhiata all'interno. La piccola segretaria vogliosa è stesa nel mio letto con un sorriso soddisfatto disegnato sul viso. Quasi mi stupisce che non parli anche mentre dorme.

Magda Dwain, vecchia strega senza ritegno! Come può aver chiamato proprio lei! Io non ci posso lavorare con quella… con quella! E non ci lavorerò! Mai, neanche morto. Piuttosto lascio, piuttosto mando tutta la mia carriera a…

No, col cazzo che lascio io! Questa città è casa mia, è lei che torna a rompere le palle! Quella stronza, manipolatrice opportunista! Cosa voleva fare la vecchia, mettermi di fronte al fatto compiuto? Dovrà scegliere, invece!

Vuole lei, la sua preziosa pupilla? Perfetto. Non ci sarà più posto per me, allora. Un altro ingaggio lo trovo dove voglio e quando voglio. Magari me ne vado io in America, questa volta. Un oceano che ci separa è quello che ci vuole.

Rientro e mi ributto sul letto. Mi volto. La bella addormentata se la dorme placidamente, beata lei. Mi rialzo. Meglio andare a stendermi sul divano del soggiorno, se proprio devo. Tanto ormai non mi addormenterò più anche se non ho chiuso occhio stanotte.

Lascio perdere il divano e vado ad accendere il computer nel piccolo ufficio che uso come biblioteca e archivio. Non devo farlo, lo so che non devo farlo! So cosa mi succede quando cedo alla tentazione. Ma tanto ormai non rischio di rovinarmi la giornata con il malumore. Sono già di malumore, anzi sono incazzato nero.

Digito il suo nome e in pochi secondi sono sommerso da lei. Dalla massa voluttuosa dei suoi capelli scuri che le scivolano sulle spalle, dai ridenti occhi neri, da quel sorriso radioso che poco alla volta aveva rubato tutto di me, toccando corde che nemmeno credevo esistessero. Non può tornare qui, non la voglio qui.

Appoggio la schiena alla poltroncina e chiudo gli occhi. Per un attimo chiudendo gli occhi mi sono illuso che fosse lei questa notte. Se la biondina se ne fosse stata un po' zitta! E non è nemmeno la prima volta. Da ubriaco mi riesce meglio agganciare una donna a caso, possibilmente con i capelli scuri, e lasciarmi andare all'illusione di altre braccia, di altri baci.

Mi assopisco davanti allo schermo del computer che riflette la sua immagine in primo piano. Per poi essere richiamato alla realtà dallo squillo del telefono sulla mia scrivania. Chi potrà mai essere sul mio numero di casa? E che ore sono?

«Oliver, che intenzioni hai per oggi?»

Già, è Natale.

«Ciao, mamma.»

«Allora? Owen è arrivato ieri sera, anche se tardi. Si può sapere dove sei e cosa intendi fare? Perché non hai fatto la strada insieme a lui?»

Perché ero a letto con la segretaria più giovane di Magda Dwain, mamma. No, non posso dirlo. Meglio riformulare.

«Perché sono stato impegnato... problemi di lavoro.»

Sì, con il lavoro c'entra, insomma! E poi perché io non sono mai stato il bravo bambino di famiglia, come mio fratello Owen.

«Va bene. Ma hai intenzione di arrivare o vuoi deludere tuo figlio ancora una volta?»

Ecco, il tono da madre e nonna incazzosa che le conosco fin troppo bene ormai. Madre mia e nonna di mio figlio Michael. Ma chissà perché nelle sue ire incappo sempre e solo io.

«Dammi un'ora circa e sarò lì.» Sì, tempo di spedire a casa la biondina, farmi una doccia, vestirmi, guidare fino ad Oxford. «Magari due.»

Non ha tutti i torti. Sono il tipico esemplare di padre assente. Ma almeno, per quanto possa essere una delusione per mio figlio, io ci sono ancora. Non come sua madre. Che l'ha deluso una volta per tutte morendo per overdose nel rientro di una stradina in zona Peckham.

Alicia

Calcolo il fuso orario. Mi ha sempre mandata in confusione. No, non è troppo presto. Non rischio di svegliarla in piena notte.

«Magda?»

Risponde con un "Pronto?" vivace tra il primo e il secondo squillo. Sempre iperattiva, questa donna.

«Colgo l'occasione per augurarti un buon Natale e...» E poche storie, Alicia! Come se Magda non mi conoscesse. «Insomma, domani arrivo. Mi chiedevo se avessi già informato la compagnia.»

«No, lui non lo sa ancora Alicia.» Eccola, nemmeno fa finta di girare intorno al problema. «E comunque, buon Natale anche a te.»

«Non credi che sia il caso di avvisare?»

Continuo a mantenermi ostinatamente sul generico. Non voglio pensare, non voglio nemmeno immaginare la sua reazione nel caso ci trovassimo una di fronte all'altro inaspettatamente. Ho troppa paura.

La sento sospirare profondamente prima di rispondere.

«Sei preoccupata per la reazione di Oliver? Insomma, Alicia... Siete grandi ormai e si tratta di lavoro! La-vo-ro.» Mi scandisce anche la parola. Mi sento una cretina ora, un'adolescente problematica che non ragiona con il cervello ma con altro. «E comunque... Oliver non vale tanta preoccupazione, te l'assicuro. Stai tranquilla e rilassati.»

Bella novità! Come se non lo sapessi già da me che Oliver non vale tanta preoccupazione! Però...

«Va bene, Magda. Allora ci vediamo domani lì a Londra. Manderò una e-mail a Louise con i dettagli del volo, atterraggio e tutto il resto.» Assumo un atteggiamento professionale, compito e sicuro. Inutile prolungare l'agonia. Rischio solo di prendermi un'altra strigliata da Magda Dwain. «Passa una buona giornata.»

Mi saluta anche lei e riaggancia senza troppe cerimonie. A volte sembra che abbia un calcolatore elettronico al posto del cuore. Forse lo ha davvero. E forse dovrei prendere esempio da lei e averlo anche io.

Oliver Sutton. Magda ha perfettamente ragione. Siamo grandi ormai e si tratta di lavoro. Solo e unicamente di lavoro. E lui non vale la mia ansia, non vale la tensione nervosa ed emotiva che mi si sta accumulando ogni istante di più.

Lui non valeva nemmeno il mio amore, la mia fiducia, la mia devozione. Come ha potuto tradirmi? Come ha potuto umiliarmi e trattarmi come se per lui non contassi nulla? Come aveva sempre fatto con tutte le altre, come probabilmente continua a fare. Però almeno le altre non le aveva illuse, non le illude come ha fatto con me.

Oliver Sutton. Sono sola in questa stanza. Completamente sola e non ho nulla da fare. Ho solo il silenzio. Ho solo il pensiero di lui che non mi abbandona, che mi richiama costantemente.

Devo semplicemente aspettare che questa giornata passi. Che sia domani, il giorno della mia partenza per Londra. E sarò io la più forte questa volta. Non mi lascerò più dominare da lui. Posso farcela, lo so. Sono cresciuta e non sono più così ingenua. Dopo il male che già mi ha fatto non permetterò a quell'uomo di ferirmi ancora.

CAPITOLO 4

Oliver

Sto cercando di comportarmi bene. Mi sto impegnando per fare del mio meglio. Che altro pretende il mondo da me? Riformulo: che altro pretende mia madre da me? Sono riuscito ad arrivare in tarda mattinata, molto prima di pranzo. Non avrà da lamentarsi, questa volta. E non mi farà sentire in colpa. Certo che ci tengo a mio figlio! È l'unica cosa buona in tutto quel casino che ho combinato dopo... Ecco, dopo. Rimuoviamo all'istante il pensiero, che è meglio!

Parcheggio di fronte a casa e scendo. Mia madre mi blocca sulla porta. Mi osserva ostile, con le mani sui fianchi. Cosa ho fatto ora? Si aspettava che mi vestissi da Babbo Natale?

«Da quel che vedo l'idea di prendergli un regalo non ti ha minimamente sfiorato.»

Oh, merda! Il regalo! Mi guardo intorno. Negozi di giocattoli aperti la mattina di Natale in zona Oxford? Però anche lei, insomma, poteva ricordarmelo! Perché le donne sono sempre così perfide con me? Sembra che ci prendano gusto!

Mi fa cenno di fare piano e di entrare, però mi ferma ancora una volta sull'uscio. Sparisce per qualche secondo e torna con un pacchetto incartato.

«Il videogioco che chiede da mesi. Fai finta di essertene ricordato.»

Annuisco senza rispondere. Se voleva farmi sentire uno schifo, mia madre c'è riuscita! Non ci avevo proprio pensato che a Natale tendenzialmente si fanno i regali, soprattutto ai bambini di sette anni. Anzi, lo so bene ma quest'anno mi è sfuggito. Gli altri qualcuno me lo ricordava, Owen o qualche ragazza della compagnia.

Comunque, raggiungo il soggiorno con il pacco in mano. Non ricordo quando i bambini smettono di credere a Babbo Natale. Non ricordo nemmeno se io ci abbia mai creduto. Owen sì, ci credeva. E avendo cinque anni più di lui io ero costretto a mantenere il segreto per non disilluderlo. Fingere di aspettare anch'io il vecchio con la barba bianca che si calava dal camino.

«Papà!»

Michael lascia il fortino che sta costruendo insieme a Owen e mi corre incontro. Fisicamente è quasi la mia fotocopia. Ma non so da chi abbia preso caratterialmente, tra me e Pauline. Nessuno dei due ha mai avuto un'espressione così gioiosa e serena. Forse vivere senza noi due gli sta facendo bene. Sorrido e lo abbraccio. Non so nemmeno di che tipo di videogioco si tratta. Sono un pessimo padre e devo cercare di migliorare, almeno in questo.

Trascorro così la giornata. Tra mio figlio, mio fratello e le occhiatacce di mia madre. Probabilmente teme sempre che io possa turbare Michael con la mia vita dissoluta d'artista o qualche parola sbagliata. Eppure, anche Owen fa lo stesso lavoro ma per quanto riguarda lui nessun problema. La disgrazia di famiglia sono io.

Lascio Michael con mia madre a guardare un cartone animato. Ho bisogno di uscire a prendere un po' d'aria. Mi siedo sulla sedia a dondolo nel porticato. La sedia di mio padre. Avrei voluto che conoscesse Michael. Ecco, forse è da lui che ha preso mio figlio la gioia di vivere. Chiudo gli occhi per un attimo. Quando li riapro Owen è seduto accanto a me.

«Tu lo sapevi?»

Non ho intenzione di prendermela con lui. So che ha mantenuto i contatti con Alicia per un po'. Ma non mi sono mai curato di informarmi oltre. Per me la questione era definitivamente chiusa.

«L'ho sentito…» Owen sospira. Mi volto a guardarlo. Ora sì, vorrei davvero sapere di più. Ma non chiedo, come non ho mai voluto chiedere di lei. «Non da lei, da una conversazione tra Magda e Louise, due giorni fa. Non te l'ho detto, perché…» Sospira ancora, si stringe nelle spalle.

Non mi interessa sapere perché non me l'ha detto. Non è questo il punto. Non mi importa nemmeno più di essere stato l'ultimo a saperlo. Il punto è che non posso averla intorno, non voglio. Forse è perché non posso e non voglio perdonarla. Forse c'è un motivo per cui sono diventato quello che sono. Metto la carriera davanti a tutti. Perché lei ha messo la carriera davanti a me, davanti a quello che c'era tra noi.

Alicia

Comunque siano andate a finire le cose, non posso che rimpiangere quello che c'era tra noi e che non ho mai più provato per nessun altro uomo. Anche mio marito è stato un episodio nella mia vita in confronto a ciò che ha significato Oliver per me. Credo di averlo amato dal primo istante in cui il mio sguardo si è posato su di lui. Quei suoi occhi azzurri, quel suo modo intenso e provocante di sorridere, di parlare. Mi incantava ogni volta. E io allora ero solo una povera ragazzina scappata di casa, o quasi.

A diciotto anni avevo lasciato casa mia, mio padre, la mia matrigna, i miei fratelli per cercare rifugio da Magda Dwain, la migliore amica di mia madre.

Non stavo male con i miei, ma volevo di più. Desideravo conoscere Magda da anni. Come desideravo conoscere l'Inghilterra e Londra, la città dove mia madre era nata e cresciuta. Desideravo diventare come lei, una vera signora. Lavorare in teatro, stare sulla scena.

Magda Dwain mi ha inserito nella sua compagnia insegnandomi a muovermi, a parlare, a cantare, a recitare e a esprimermi al meglio.

"Devo toglierti quell'orribile accento americano e quell'aria da maschiaccio arrabbiato!" continuava a ripetermi.

Nei suoi spettacoli sono rimasta una figura di secondo piano per anni. E Oliver era con me. Anche suo fratello Owen. Eravamo così giovani, ingenui e pieni di speranze! Ma sono stati i momenti più belli e felici della mia vita. Momenti che rimpiangerò per sempre, nonostante tutto.

Oliver si era preso l'impegno di instillare in me il perfetto accento inglese. Era diventata una sfida per lui, al punto che non mi dava tregua e mi correggeva sempre, in ogni circostanza. Anche quando non stavamo recitando. E io ancora non sapevo come poteva diventare testardo Oliver Sutton quando si proponeva di raggiungere un obbiettivo.

Ogni giorno di più il mio accento inglese si perfezionava e ogni giorno di più io mi innamoravo di lui. Noi due siamo stati davvero Eliza Doolittle e Henry Higgins, noi due siamo stati davvero *My Fair Lady* nel momento in cui le nostre vite si sono intrecciate. Ecco perché tengo così tanto al ruolo di Eliza e mi sento quasi fuori luogo in un altro.

Poi quel Capodanno. Quello di dodici anni fa in cui inaspettatamente lui mi ha baciata. E io mi sono accorta che aveva iniziato a guardarmi come non mi aveva mai guardata nei cinque anni precedenti. Da quel momento non solo l'ho amato, ma è diventato tutta la mia vita e io credevo di essere la sua, mi illudevo che rinunciasse a tutte le altre per me. Aveva giurato di amarmi. Invece mi ha umiliata. E poi mi ha tradita.

CAPITOLO 5

Oliver

Sarà forse colpa dello scarso talento di questa ragazza, ma devo ammettere che parte della responsabilità è anche mia. Non sono concentrato, non ci sto con la testa. Sono distratto e assente. E comunque tra noi non c'è sintonia alcuna. Le rivolgo uno sguardo sprezzante, senza volerlo. Me ne accorgo per la sua espressione offesa. La verità è che io sono sprezzante sempre, lo sono intrinsecamente, lo sono di carattere. Ma questa piccola, povera Rachel poco ci manca che si metta a piangere. Non riesce nemmeno a entrare nel personaggio, nemmeno minimamente. Dovrebbe insultarmi e urlarmi contro. O almeno mostrarsi vivace, combattiva. Invece sospira e abbassa la testa, triste e remissiva.

«Va bene, facciamo una pausa!»

Alla voce imperiosa di Magda, Rachel interrompe la frase a metà. E ora che è tornata se stessa mi guarda come se volesse scoppiare a piangere ancora di più. Deve vedermi proprio come un mostro, uno stronzo autoritario e dispotico. Anche quando non sono nel personaggio. Anzi, soprattutto a quanto pare.

Mi giro verso Magda e noto che ha abbandonato la sua posizione favorita. In qualche modo è riuscita a raggiungere il centro della platea. Avrebbe avuto una straordinaria carriera se non si fosse rovinata la gamba in quell'incidente d'auto circa quarant'anni fa. Costretta a zoppicare e ad arrancare per tutta la vita. Il destino non è stato generoso con lei. Ma il destino è un pezzo di merda con tutti o quasi, il più delle volte.

La seguo con lo sguardo e la vedo fermarsi di fronte a un uomo. Non lui, dannazione! Non quel maledetto schifoso di Grant Stewart che mi ha sempre trattato come feccia, come l'ultima delle comparse raccattate per strada!

Ora siamo davvero al completo! Magda Dwain deve odiarmi proprio dal profondo dell'anima per permettergli di presentarsi qui. E deve odiare anche se stessa, povera disgraziata! Quel cazzone attempato di Grant Stewart, la grande star del teatro e del cinema, l'ha sempre trattata come una ruota di scorta, regalandole solo qualche ritaglio di tempo tra mogli, amanti, avventure, amiche varie. E tra le altre si è preso anche la mia donna! No, non mi è passata affatto. Ho ancora voglia di ammazzarlo, di farlo a pezzi, come otto anni fa. Anzi, se Magda Dwain non me lo toglie davanti al più presto finirà che questa volta lo faccio davvero!

Alicia

Sono stata tesa per tutto il viaggio. Già dalla partenza non ho fatto altro che immaginare come sarebbe stato. Ho rivissuto la scena mentalmente, un'infinità di volte. E ogni volta l'accoglienza era peggiore della precedente. Dal gelo alle offese verbali vere e proprie. Però ripensandoci, sono preferibili al gelo.

Mentre l'aereo atterra all'aeroporto di Heathrow mi rendo conto che non si tratta più di una semplice illusione. Sono davvero qui. Sono davvero tornata. E ho dovuto rinunciare al sostegno e alla compagnia di Fran. Non potevo strapparla alla sua famiglia durante le feste. E in ogni caso non voglio obbligarla a trasferirsi a Londra insieme a me. Non posso imporle una vita da vagabonda come la mia.

Tutti solitamente appena atterrati si affrettano a scendere, ad abbandonare l'aereo. Io resto seduta, bloccata qui, non sono in grado di muovermi. La hostess mi lancia un'occhiata eloquente. Io accenno un sorriso, mi slaccio la cintura di sicurezza e mi alzo. Se potessi prenderei immediatamente il prossimo volo per tornare indietro. Non ce la faccio ad affrontare davvero quello che sarà. Credevo di essere più forte, più determinata, ma mi sbagliavo. Sono fragile e ho paura.

Mi tornano in mente le parole sprezzanti di Magda: "Si tratta di lavoro!"

Ha ragione. Non posso comportarmi ancora come una ragazzina. Quando sono arrivata qui, la prima volta, avevo all'incirca la metà degli anni che ho adesso. Devo dimostrare, almeno a me stessa, che qualcosa è cambiato. Se fuggissi la realtà e tornassi indietro non me lo perdonerei.

Seguo gli altri passeggeri verso l'uscita. Non penso a dove sto andando, li seguo e basta, come un automa. Così mi lascio svogliatamente trascinare fuori. Louise sicuramente avrà organizzato perché qualcuno mi venisse a prendere. Almeno, lo spero. In alternativa prenderò un taxi.

Lancio uno sguardo intorno. Nessuno. Nessun autista o cartello con su scritto il mio nome. Magari si sono dimenticati di me. Allora sì, a questo punto non mi resta altro da fare che cercarmi un taxi.

«Alicia…»

Non mi aspettavo lui. Non credevo che perdesse tempo prezioso per venire a prendere me. Lo guardo, è sempre lo stesso. Sempre il bel ragazzo gentile e sorridente di tanti anni fa.

«Owen!»

Mi ritrovo tra le sue braccia. Poi mi stacco per guardarlo meglio. No, non è cambiato per nulla. Il mio caro amico, il mio piccolo Owen è ancora qui. Con i suoi capelli scuri e gli occhi così azzurri! L'avere due anni meno di me l'ha reso il mio "piccolo Owen" la prima volta che ci siamo incontrati e probabilmente sarà così per sempre.

«Sei una meraviglia, Alicia... lasciati guardare!»

Mi prende le mani e mi osserva attentamente da capo a piedi.

«Allora? Promossa, ne sei sicuro?» rido e lo abbraccio ancora.

«A pieni voti! Ma... hai fame? Oppure sei stanca? Vuoi riposare un po'?»

«No grazie, ho già mangiato e riposato in aereo.» Ho sgranocchiato qualcosa sì, ma non sono riuscita a chiudere occhio, ovviamente. Non importa, l'ultimo mio pensiero ora è riposare. «Andiamo direttamente a teatro, se non ti dispiace. Abbiamo pochi giorni per preparare tutto...»

Sospiro e cerco di calmarmi, almeno esteriormente. Certo, pochi giorni. Pochi giorni per farmi massacrare psicologicamente da tuo fratello. Pochi giorni per resistere alla tentazione di prenderlo a calci nel culo per tutta Londra. Pochi giorni a un nuovo anno.

Parliamo di lavoro mentre Owen guida in direzione del centro. Io mi guardo intorno e inizio a riprendere confidenza con l'ambiente, con la città. Cerco di non commuovermi, di non emozionarmi facendo riemergere i ricordi.

Nel frattempo continuiamo a parlare di lavoro, di spettacoli, come se nessuno dei due osasse sfiorare la sfera personale. Mi chiedo come stia davvero. So che non ha mai apprezzato il fatto di vivere all'ombra del fratello maggiore e lo posso capire. Owen si merita di più di questo, ne sono sicura.

Parcheggia e corre ad aprirmi la portiera prima che io possa scendere. Sempre un gentiluomo, lo devo ammettere. Come Oliver. Solo che per quanto riguarda Oliver è tutta una messa in scena, purtroppo. Ricordo perfettamente la strada che ci separa dal teatro in Covent Garden. La percorriamo a piedi. Come se fosse ieri. Come se non me ne fossi mai andata.

Ormai devo affrontarlo. So che probabilmente lui è là dentro. So che starà provando e lanciando imprecazioni a tutto il mondo, compreso se stesso, perché non riesce a rendere la scena come vorrebbe. Lo conosco così bene che mi sembra già di percepire le sue parole, anche senza vederlo.

Mi aggrappo al braccio di Owen e lui mi sorregge. Posso fingere di essere un po' stanca? Non importa, lui non chiede e accetta di sostenermi. Forse immagina quanto sia difficile per me affrontare questo momento. Sono contenta che ci sia lui al mio fianco e non qualcun altro.

Raggiungiamo l'ingresso e lì io mi blocco, costringendo anche Owen a fermarsi. Eccolo. Sulla scena, proprio in centro. Eccolo. Già vederlo così a distanza mi provoca uno sconvolgimento generale, emotivo e fisico. Non ci riesco, non riesco a muovere nemmeno un passo in più.

Il suo corpo, i suoi gesti, le sue parole. Mi incanta ancora, più che mai. Il modo in cui guarda l'attrice che recita al suo fianco. Simulando interesse, sarcasmo misto ad attrazione. Forse lo è davvero, forse no. Ho sempre saputo che era un ottimo attore. Con me è stato addirittura eccezionale. Ha recitato per tutto il tempo della nostra storia.

CAPITOLO 6

Oliver

La sento. Sento la sua presenza, il suo sguardo su di me. I suoi occhi scuri che mi trapassano il corpo e non solo quello. Lotto contro me stesso, contro il desiderio e l'istinto di voltarmi completamente a guardarla. Mi impongo di ignorarla ma la sento palpitare e vivere in questa platea immensa ma troppo stretta per contenerci entrambi.

Percepisco i suoi passi ora. Si sta avvicinando ma io, imperterrito e ostinato, continuo a ignorarla. Anzi, recito con Rachel con ancora più enfasi, aggiungendo una passione che non provo. La poveretta mi fissa esterrefatta, quasi terrorizzata da quando abbiamo ripreso le prove. Può starsene tranquilla, non la mangerò per questa volta. Anche perché non è di mio gusto.

Ormai è a pochi passi dal palcoscenico. Si ferma e incrocia le braccia. Sicuramente mi starà giudicando. Lei sì, proprio lei che si ritiene tanto brava. Alicia Chamberlain, la migliore. Come se avesse ottenuto tutto il successo che ha avuto da sola, con i suoi mezzi!

«In otto anni sei riuscito a entrare bene nella parte di primadonna isterica. Complimenti davvero!» Approfitta di un attimo di pausa tra me e Rachel per intervenire.

Ha detto davvero quello che ha detto? Primadonna isterica! A me? Certo l'ha detto rivolgendosi a me, non a Rachel! Mi giro verso di lei e la guardo in silenzio. L'annienterei con lo sguardo se potessi. E lei ricambia sollevando il viso, quel viso stupendo che si ritrova, e socchiudendo leggermente gli occhi. Lanciano fiamme al momento. E tutte nella mia direzione.

Credo di riuscire a esprimere tutto il mio disprezzo nei suoi confronti. Perché è reale. Davvero la disprezzo. Mi ha rovinato la vita. O meglio, io me la sono rovinata da solo ma a causa sua. Avrei fatto qualsiasi cosa per lei! Ho rinunciato a una parte di rilievo in un'altra compagnia per poter stare al suo fianco e lei... Lei non ci ha pensato due volte, anzi. Quando le è capitata l'occasione l'ha colta al volo. Ha suscitato l'interesse di quello schifoso di Grant Stewart e non si è tirata indietro! Un bel salto, la cara dolce Alicia. Da comparsa o poco più a prima attrice, passando per il letto di quel viscido di Stewart.

«Non mi convinceranno a condividere la scena con te. Nemmeno per un minuto.» Ecco, meglio mettere le cose in chiaro e che se ne torni da dove è venuta! Io non la voglio qui. «Preferisco andare avanti con una frana totale e senza talento come lei...»

Indico Rachel con un gesto vago della mano. Forse ho esagerato. L'offesa non era indirizzata direttamente a Rachel. È stata solo un mezzo per raggiungere il fine. Però la sento mugugnare sommessamente e mi volto in tempo solo per vederla fuggire dietro le quinte. Va bene lo ammetto, ho esagerato.

«Sei davvero eccezionale nel far sentire la tua partner a suo agio, complimenti. Un vero gentiluomo.» Alicia mi rivolge un'occhiata sarcastica. Conosco bene quello sguardo. Con gli anni è diventato più pungente, più sicuro ma allo stesso tempo più incantevole. Quanto è splendida... ancora più di quanto ricordassi. Devo fare attenzione a non restarne ammaliato. «Il solito cafone ipocrita senza alcun rispetto per il prossimo...» sospira tra sé ma in modo che io la senta.

«Se mi consideri il solito cafone ipocrita senza rispetto non comprendo il motivo della tua presenza qui.» Il mio malumore sta raggiungendo le stelle. Basta, preferisco mandare tutto all'aria all'istante. Non tollero la sua presenza e ancora meno le sue parole. «Lo sapevi che non ti avrei accolta con un inchino e un fascio di rose... O credevi che avessi dimenticato chi sei?»

«Hai ammesso che ho talento, però.» Sogghigna mordendosi leggermente il labbro inferiore.

No, non ce la farà. Non riuscirà a sedurmi così. Chi è in fondo? È solo una donna come tante. Volendo ne posso trovare anche di più belle e di più attraenti di lei.

«Non ricordo di averlo ammesso, ma se ti fa piacere crederlo…»

Che gioco sta giocando, insomma? Io ora me ne vado da qui e chi se ne frega delle prove, dello spettacolo e di tutto il resto.

«Dicendo che quella poveretta non ne ha…» Indica con la mano la quinta da cui è uscita Rachel. «Hai implicitamente ammesso che io ne ho.»

«Ti piace girare intorno alle parole a quanto vedo! E sei diventata ancora più egocentrica di quanto ricordassi.» Facendo il giro scendo dal palco e mi trovo direttamente di fronte a lei. Ho agito d'impulso, senza calcolare la distanza. Non avevo intenzione di avvicinarmi così tanto. Ho una voglia di toccarla che mi manda fuori di testa. Indietreggio di qualche passo prima di perdere il controllo. «Con gli aiutini che hai ricevuto chiunque sarebbe migliorato raggiungendo un livello discreto.»

La vedo irrigidirsi. Soprattutto vedo il suo petto sollevarsi e abbassarsi sdegnosamente. Anche avvolto nella sua giacca scura mi provoca sensazioni involontarie. Distolgo lo sguardo dal suo seno e torno al suo viso. È arrossita. Furiosa a tal punto che sarebbe capace di prendermi a botte, conoscendola. A questo punto non aspetto altro, attendo la sua prossima mossa.

«Io vado a cercare Magda…» Vengo distolto dalla voce di Owen. Non mi ero neanche reso conto della presenza di mio fratello in sala. «Cercate di non ammazzarvi nel frattempo, se possibile.»

Non è necessario che vada a cercare Magda Dwain, la regina degli intrighi. È lei che mi ha messo in questa situazione di merda! E ora sta arrancando, passo dopo passo, verso di noi.

«Rassegnatevi.» Questa è la sua prima e ultima parola? Rassegnarmi? «Prima deciderete di collaborare, meglio sarà per tutti. La parte la conoscete fin troppo bene. E l'avete già provata insieme fino allo sfinimento. Qualche giorno di impegno e andrà tutto a meraviglia.»

«A meraviglia?» Questa donna è folle! Invecchiando si sta rincoglionendo del tutto, ormai è chiaro. «È stato una vita fa!»

Sì, l'abbiamo provata insieme un'infinità di volte quando Alicia stava perfezionando il suo accento. Quando eravamo giovani e incoscienti attori davvero molto secondari. Quando io l'amavo e credevo che anche lei mi amasse.

«Alicia è arrivata qui per noi e qui resterà. Ormai è deciso! Prima lo accetterai, Oliver, meglio sarà per tutti. Evitiamo di perdere altro tempo!»

La voce della vecchia diventa irascibile e imperiosa. Non mi può imporre di lavorare con quella donna. Io non lascerò che accada. Piuttosto rinuncio alla parte.

«Allora dovrai fare a meno di me. Perché non riprendi quel vecchio incartapecorito di Stewart e gli affidi la mia parte. Del resto era sua anni fa.» Lo detesto. Detesto anche il pensiero ma non mi fermo. «E alla nostra cara Alicia Chamberlain farà sicuramente piacere lavorare con il suo vecchio amante!»

Alicia

«Oliver!»

La voce di Magda risuona talmente alta nella sala che potrebbe abbattere anche le mura. Io invece rimango in silenzio. Mi fa male. Mi fanno troppo male le sue parole, non ho più la forza di ribattere a tono, di aggredirlo a mia volta.

Mi lancia un'ultima occhiata sdegnata, oltrepassa Magda senza replicare e se ne va. Nessuno lo ferma, nemmeno Owen. Sarebbe impossibile del resto. Oliver è una forza della natura. È anche questo che amavo in lui. Il suo vigore, la sua impetuosità, che all'epoca non si manifestavano solo attraverso l'essere crudele e irascibile. Sapeva essere allo stesso modo dolce, premuroso, appassionato. Non ho mai incontrato nessuno come lui in tutta la mia vita. E non credo che lo incontrerò mai.

Mi sforzo di non piangere qui, davanti a Magda e a Owen. Non sarebbe professionale. Non sono solo le parole che mi ha appena rivolto a ferirmi. È più il ricordo di come Oliver sapeva essere con me a farmi male. Mi rendo conto di non aver ancora salutato Magda come avrei dovuto.

«Magda...» Mi avvicino e la abbraccio teneramente. «Ti trovo bene.»

Mento spudoratamente e credo che lei ne sia consapevole. È invecchiata molto in questi ultimi anni. Sembra anche più stanca e più fragile, almeno fisicamente. Si trascina con più fatica, come se non riuscisse quasi a reggersi in piedi. Solo i gelidi occhi chiari sono rimasti gli stessi.

Magda annuisce brevemente e ricambia l'abbraccio. Ma mi accorgo che non ha tempo né voglia per i convenevoli. Nemmeno io, del resto. Io devo prendere una decisione. Forse l'unica scelta sensata per me è quella di prendere il primo volo e tornare a New York. Non posso restare qui, non funzionerebbe mai.

Ci ho provato, almeno. E una parte di me, forse inconsciamente, ci sperava anche. Ci ho provato a rivederlo. Ma non riesco a resistere. Non dipende solo da lui, ma anche da me. Ho troppa, troppa rabbia nei suoi confronti. E non sono nemmeno in grado di resistere alle sensazioni contraddittorie che quell'uomo suscita in me. Anche più di prima. È prepotente, ostinato, arrogante. Sa diventare ignobile e non tollero i suoi insulti. Dettati soprattutto dall'invidia, lo so, dalla rabbia, dalla gelosia che io, la piccola sciocca Alicia Chamberlain che non riusciva a esprimersi in un inglese accettabile, sia emersa dalla massa, dall'anonimato molto prima di lui. Ha preferito offendermi, scagliarmi addosso le sue cattiverie.

Io sarei stata la persona più felice al mondo se fosse accaduto a lui. Perché io lo amavo e ogni sua conquista sarebbe stata anche mia. Perché conoscevo il suo impegno e sapevo quanto se lo sarebbe meritato. Invece lui... perché non è riuscito semplicemente a essere felice per me? Perché ha dovuto insultarmi, denigrarmi? Accusarmi di avere una relazione con Grant Stewart?

Mi ha tradita con la prima arrivata, senza nemmeno cercare di chiarirci, senza una spiegazione. Già, Pauline Adams, che si era presentata in teatro come comparsa solo per guadagnare qualche soldo. Che male mi fa ripensarci. L'ha addirittura messa incinta.

Come ha potuto? Mi passo le mani sul viso. Mi sento male. Ho la nausea. Non posso, non potrò mai lavorare con Oliver Sutton. Provo disgusto per lui, per la nostra situazione, sia passata sia presente. E soprattutto provo disgusto per me stessa. Perché nonostante tutto, io lo amo ancora.

CAPITOLO 7

Oliver

Non so nemmeno io dove andare ma non posso restare qui. E neanche aggirarmi per la zona o entrare a bere in un pub. Devo proprio allontanarmi. Oppure impazzirò. O tornerò da lei e me la riprenderò. Perché la voglio come e più di prima. Me la riprenderei nonostante tutto. Nonostante la sua ipocrisia, nonostante gli inganni e le macchinazioni. Non sopporto l'idea di immaginarla con quel vecchio stronzo di Stewart. Né con lui né con un altro uomo.

So che si è sposata, qualche anno fa. Ho evitato di accedere a Internet per mesi. Non sopportavo l'idea... Come se non guardando potessi cambiare la situazione! Ho chiesto a Owen di controllarmi la posta elettronica nel caso ci fosse qualcosa di importante, qualche messaggio urgente. Non volevo imbattermi in foto sue e del marito. Come se mi fosse servito! Un giorno, seguendo un impulso irrefrenabile, ho acceso il computer e l'ho cercata. E mi è apparsa lei vestita di bianco, lei con i fiori tra i capelli, in un abito semplice che le accarezzava morbidamente le forme e le cadeva

53

dolcemente sulle spalle. E lui, il marito di cui mi sono rifiutato di leggere il nome, un giovane regista da quattro soldi, lui che le cingeva la vita. In un'altra fotografia lei si voltava verso di lui sorridendo, guardandolo negli occhi con quell'aria tenera e allo stesso tempo maliziosa, con il viso leggermente sollevato, come in attesa di essere baciata sulle labbra. La conosco bene quell'espressione, fin troppo bene! Perché era la stessa che rivolgeva a me.

Basta! Non ci devo più pensare! Che se ne vada all'inferno quella donna, oppure dove vuole, mi basta che se ne vada! Raggiungo la mia macchina e salgo, la metto in moto senza nemmeno sapere dove dirigermi. Voglio solo allontanarmi da qui. E intanto mancano solo quattro giorni allo spettacolo di Capodanno. Probabilmente andrà tutto all'aria. Si inventeranno una scusa, una qualunque. Mi rovinerò la reputazione e la carriera se daranno la colpa a me. Ma non mi importa, non mi importa più di niente e di nessuno.

Ho deciso dove andare. Stratford-upon-Avon, la città natale di Shakespeare. Ci ero stato con lei, l'avevo portata in un tiepido week-end di primavera. Ci aggiravamo per mano recitando qualche battuta di Romeo e Giulietta. No, ho sbagliato di nuovo! Dovrei cambiare direzione. Ma non riesco a fuggire dai ricordi, non posso. Mi aggrediscono tutti insieme e non mi lasciano scampo.

Quando l'ho vista la prima volta mi sono chiesto come potesse pretendere che Magda Dwain si degnasse di prenderla in considerazione. Era una ragazzina magra e smunta, senza arte né parte, mugugnava continuamente invece di scandire le parole. Ma aveva quegli occhi, quel modo sfrontato di guardare la gente in faccia senza abbassare lo sguardo, senza vergogna. Quindi sì, poteva pretendere di essere presa in considerazione. Poteva pretendere qualunque cosa desiderasse ottenere.

Ho imparato a capirla. Voleva sapere di sua madre, del mondo in cui era nata e vissuta qui in Inghilterra. Imparare a conoscerla. Perché di lei non conservava alcun ricordo. Era morta quando Alicia aveva solo due anni. Quindi voleva conoscerla attraverso Magda, attraverso il teatro e la musica. E non avrebbe accettato un no come risposta.

Era un maschiaccio. Vissuta con un padre e tre fratelli maschi e con una matrigna che si occupava poco di lei. Non aveva grazia né femminilità. Non sapeva nemmeno come rendersi attraente agli occhi di un uomo, forse nemmeno le importava. Però voleva entrare a far parte di un mondo che sentiva suo, nel profondo.

Non l'ho amata da subito. Ma qualcosa ci ha legati fin dal principio. Lei era figlia di un'attrice. Mia madre, a quei tempi, lavorava per Magda Dwain come scenografa. Un giorno Magda mi ha obbligato a entrare a far parte di un suo spettacolo come comparsa. I miei ne avevano abbastanza delle risse in cui venivo coinvolto durante l'adolescenza. Stavo per diventare un pessimo elemento, pessimo figlio, pessimo fratello maggiore, pessimo studente. E non mi importava nulla della fine che mi sarebbe toccata. Vivevo alla giornata. Erano propensi a spedirmi in un collegio chissà dove, convinti che mi sarei messo in guai talmente grossi da non saperne più uscire. L'alternativa era la compagnia di Magda. Io naturalmente non volevo sentire ragioni e ho mandato tutti quanti all'inferno... con parole meno delicate però.

"Se hai un gran talento come giovane teppista, lo avrai anche come attore. E vedremo se sai anche cantare. Il fiato per fare a pugni e per mandare la gente a farsi fottere ce l'hai!"

Ricordo ancora ciò che mi ha detto Magda, parola per parola. Anche se sono passati più di vent'anni. Zoppa, sciancata, ma con un temperamento tale da tenermi testa. L'ho sfidata e ho accettato, pensando che se ne sarebbe pentita amaramente al più presto. Il mio intento era creare una confusione e uno scompiglio tali da farle rimpiangere di avermi costretto ad accettare. Mi sembrava davvero troppo folle, come idea. Invece, appena entrato in quel nuovo mondo, ne sono stato talmente coinvolto da non lasciarlo mai più.

Ricordo anche il mio primo spettacolo, la mia prima partecipazione. Ero uno dei giovani rivoluzionari in *Les Misérables*, uno tra i tanti. Ma per la prima volta mi sono sentito importante, anzi indispensabile. E sono andato avanti. L'ho presa come una sfida personale quella di perfezionarmi ogni giorno di più. Volevo essere il più grande, il migliore.

Poi è arrivata lei, Alicia. In cui io ho riconosciuto il mio stesso istinto, la mia stessa rabbia, la mia stessa tenacia. Siamo diventati alleati, amici, compagni. Lei mi incoraggiava a non arrendermi, a provare fino allo sfinimento. Io la aiutavo a migliorare l'intonazione, l'accento. Magda Dwain ci guidava ma noi avevamo iniziato a vivere uno per l'altra. E tutte le avventure, tutte le donne che mi portavo a letto per noia, non mi bastavano più. Volevo lei. Solo lei. Con quel carattere ostinato e impetuoso, con quegli occhi che avevano iniziato a incendiarmi ogni volta che li posava su di me.

La piccola Alicia Chamberlain in pochi anni si era trasformata nella mia Alicia. E non c'è stata un'altra negli anni trascorsi insieme a lei e negli anni seguenti che abbia preso il suo posto nel mio cuore.

Alicia

Ho bisogno di stare da sola per riuscire a riprendermi. L'impatto con Oliver mi ha destabilizzata più di quanto avrei mai creduto. Mi sentivo troppo sicura di me stessa, maledizione! Non pensavo di subire ancora il suo fascino. Non così.

«Devo stare un po' da sola, scusatemi…»

Mi libero velocemente di Magda e Owen. Senza troppe parole, senza troppe spiegazioni. Non ce n'è bisogno, hanno capito. Sì, ho bisogno di qualche minuto per conto mio. Esco dal teatro e mi incammino verso il mercato di Covent Garden. Voglio essere una semplice passante, una semplice turista, almeno per un po'. Poi tornerò me stessa.

Oliver Sutton. Lui non se n'è accorto ma io ero già persa per lui dal primo incontro. Non c'era donna capace di resistergli e a lui non ne scappava una. Ma io lo volevo per me soltanto. Sapevo che non sarei mai stata in grado di conquistarlo. Lui mi vedeva come una ragazzina, una specie di scimmietta da ammaestrare, non abbastanza attraente e non abbastanza femminile per Oliver Sutton. Ci sono stati momenti in cui credo di averlo amato io abbastanza per entrambi. Poi mi sono arresa, mi sono decisa a lasciar perdere e ho cominciato a occuparmi esclusivamente del mio futuro, della mia carriera. In quel momento è stato lui, proprio lui, a iniziare a guardarmi con occhi diversi.

Quante prove, quanto tempo tra le sue braccia. Con lui, suo fratello Owen, sua madre Jane, Magda, tutti gli altri. Era la mia vita, la vita che volevo per me. Poi nel momento migliore mi è scivolato via tutto tra le dita.

Mi manca il fiato e mi appoggio a una delle colonne principali del mercato. Il nostro primo bacio. Proprio qui. Quel Capodanno indimenticabile. Mi ha trascinata fuori dalla nostra abituale festa di fine anno perché voleva parlarmi da solo. Ero emozionata e terrorizzata al tempo stesso. Le sue parole, i suoi occhi azzurri fissi su di me mentre mi diceva di amarmi. Io che non ci volevo credere. Lui che mi giurava che avrebbe rinunciato a tutte le altre per me. Perché voleva solo me. Sempre me.

No, no, non posso restare qui. Lo rivorrei ancora, esattamente come prima. E non è possibile. Perché lui mi disprezza, senza motivo ma mi disprezza. Mi accusa di qualcosa di ignobile, mi accusa di essere scesa a compromessi per fare carriera. Di averlo tradito. Mi accusa di essere una puttana, di essere andata a letto con Grant Stewart. Ma come ha potuto pensarlo? Non posso lavorare con lui, non posso amarlo ancora e disprezzarlo allo stesso tempo.

CAPITOLO 8

Oliver

Devono fare una scelta. O me o Alicia. Non possono averci entrambi. Ho deciso e non torno indietro. Se sceglieranno lei io lascerò la compagnia di Magda Dwain e cercherò fortuna altrove.

Dopo il giro senza meta per Stratford-upon-Avon, immerso nei ricordi dei miei anni con lei, risalgo in macchina. Prendo la strada per Oxford. Ne approfitto, così mia madre non potrà dire, almeno per un po', che me ne frego e non mi faccio mai vivo.

«Ehi, Michael!» Colgo mio figlio di sorpresa e lui mi riceve con un gran sorriso. Spero non cambi mai. Spero che non diventi come me. «Sto con te tutto il giorno oggi. Fatti una bella lista di cose che vogliamo fare insieme.»

Accoglie la proposta con entusiasmo e mi prende talmente alla lettera da correre a recuperare carta e penna. Mia madre invece mi accoglie con un sospiro sdegnato e mi scruta molto poco convinta, sistemandosi gli occhiali e poi incrociando le braccia al petto. Ma possibile che non sia mai contenta questa donna?

«Cosa hai combinato, Oliver?»

Eccola. Io devo per forza aver combinato qualcosa! Non gli altri. Sempre e solo io.

«Non ho combinato nulla. Ho solo chiuso con Magda Dwain e con tutta la sua banda, una volta per tutte. Io non rimango dove non sono apprezzato.»

«Questo non è vero! Magda mi ha telefonato...» Perfetto. Ecco perché era così agguerrita, era già preparata all'attacco. Ora le prendo anche da mia madre! Ma del resto anche questa non è una novità. «Sei un uomo adulto ormai, Oliver. La devi smettere di comportarti come un ragazzino borioso e attaccabrighe!»

«Io? Io?» No adesso basta dare sempre tutta la colpa a me. Non accetto più di essere trattato come il responsabile di tutte le disgrazie del mondo anche da mia madre! «È stata lei ad attaccarmi per prima, chiedilo a Owen che era presente se non mi credi! Anzi no, non chiederglielo, lascia perdere... tanto Owen pende dalle sue labbra come tutti gli altri! Comunque... se la vogliono tenere? Se la tengano! Ma non avranno me. Io non lavorerò mai più con Alicia Chamberlain! Non avrò mai più nessun contatto con quella str...» Mia madre sgrana gli occhi e mi indica Michael che, appena rientrato nella stanza con carta e penna, mi osserva rapito dalla veemenza del mio discorso. Abbasso notevolmente il tono. «Con quella, insomma!»

Spengo il mio cellulare. Non me ne frega più niente. Mi licenzino, mi sostituiscano. Ho deciso che voglio trascorrere l'intera giornata con mio figlio e niente e nessuno mi farà cambiare idea. Nemmeno il diavolo in persona! Nemmeno se Alicia si trascinasse strisciando da Londra a qui implorandomi perdono!

Alicia

Mi aggiro per il mercatino. Mi fermo a ogni bancarella. Non mi serve nulla, voglio solo respirare l'atmosfera. Mi sento a casa. Più a casa che mai. Nonostante il disprezzo di Oliver questa è casa mia, il mio amore è nato qui. Quest'aria frizzante mi riconcilia con me stessa e con il mio passato. Se solo lui capisse, se non fosse così irruente e testardo! Se non suscitasse in me sentimenti tanto contrastanti. Se riuscissimo a parlarci e a confrontarci come persone civili.

«Alicia…»

Mi volto di scatto al suono della voce che chiama il mio nome. Per un attimo mi sono illusa. Hanno delle tonalità identiche talvolta.

«Owen…» sorrido e gli vado incontro.

Non so cosa dire. Forse non c'è nulla da dire. Mi vergogno per la mia parte nel litigio con Oliver. Dovevo mantenere la calma, almeno io.

«Torna in teatro, Alicia. Sei qui fuori da un po', rischi di prendere freddo.»

Mi accarezza la spalla con tenerezza.

«Ho sbagliato, Owen. Non dovevo accettare di tornare qui a Londra. Dovevo immaginare che...»

Che Oliver mi disprezza ancora? Che anche io non sopporto quello che mi ha fatto?

«Ascolta... io credo che ci sia qualcosa che tu debba sapere... tu e Oliver...»

Lo so che vuole giustificare il fratello. Lo so che gli vuole un gran bene. Apprezzo il tentativo, ma sarebbe inutile. Owen è tanto buono e disponibile, sa ascoltare. Mi sono chiesta più volte perché Oliver non possa essere un po' come lui.

«Non voglio sapere nulla, Owen. Tra me e Oliver è già stato detto fin troppo. Vorrei solo mettere la parola fine a questa storia, una volta per tutte. Credo di poterci riuscire dopo tutto questo tempo.»

«Va bene...» Owen mi sfiora la schiena indicandomi la direzione del teatro. «Però parliamo dello spettacolo, almeno. Magda vorrebbe trovare una soluzione al più presto, mancano solo pochi giorni.»

Annuisco e lo seguo. Non vorrei affrontare questa conversazione. Mi vergogno di me stessa. Mi sono comportata come una bambina capricciosa e vendicativa. Oliver Sutton mi fa questo effetto. È sempre riuscito a tirare fuori il meglio di me. Ma anche il peggio.

Appena rientrati, Magda mi punta gli occhi addosso con un'espressione di rimprovero che mi ricorda i miei primi anni di permanenza a Londra. Quando ero ancora una ragazzina nervosa e facilmente irritabile. Mi aspetto una strigliata e so di meritarla.

«Se Oliver non accetta di lavorare alle mie condizioni ne subirà le conseguenze.» Inaspettatamente il suo accanimento è contro Oliver, non contro di me. «Sono io qui che comando, non lui. Prima lo capisce meglio è per tutti! Ha pure spento il telefono quel ragazzetto egocentrico! Non possiamo permetterci di perdere tempo. Se non torna in sé sono pronta a sostituirlo!»

Ragazzetto egocentrico, lo ha chiamato. Mi metterei a ridere se la situazione non fosse drammaticamente seria. E se Magda non fosse così fuori di sé.

«Sostituirlo?»

Concentro la mia attenzione sulla sua ultima parola. Con chi intende sostituirlo? Io non voglio che Oliver venga sostituito a causa mia. Nonostante i nostri scontri, io non posso permettere che…

«Non lo so ancora. Ci devo riflettere.»

Il volto di Magda si oscura. Le sue rughe ormai così marcate diventano ancora più evidenti. No, non può farlo davvero. Per quanto arrabbiata lei ci tiene troppo a Oliver.

Grant Stewart? No, non è possibile! Grant Stewart dal fondo della platea ci raggiunge alle prime file e mi saluta con un cenno del capo.

«Non con...» Lancio un'occhiata allusiva a Magda e mi sento avvampare. No, non può davvero. Scuoto la testa e abbasso il viso. A questo punto mi tirerei io indietro. «No, per favore.»

Non l'uomo che Oliver ha creduto fosse il mio amante otto anni fa. Non lo sopporterei di nuovo. Mi odia già abbastanza. Se gli facessero anche questo...

«Sono qui per aiutare Magda come consulente esterno, non intendo riprendere il mio vecchio ruolo nello spettacolo. Né quello né nessun altro ruolo.»

Grant Stewart chiarisce immediatamente le sue intenzioni. Sollevo lo sguardo e lo ringrazio con un cenno del capo. La sua voce è ancora profonda, quasi baritonale. Non è cambiato affatto. Nonostante l'età resta un uomo forte e attraente, con quegli occhi profondi e le spalle larghe. Non nego che una donna, anche più giovane, possa subire il suo fascino. Ma Oliver non avrebbe dovuto dubitare di me. C'era una questione che avrebbe dovuto considerare, io non lo avrei mai tradito. E mi fa soffrire ancora il fatto che invece non abbia avuto fiducia in me, perché io amavo lui, solo lui.

CAPITOLO 9

Oliver

Se avessi seguito l'istinto sarei rimasto a giocare con Michael al suo videogioco preferito. Per tutto il resto dell'anno. No, troppo poco. Magari anche per tutto il resto della vita.

«Voglio venire a vederti allo spettacolo dell'ultimo giorno dell'anno, papà!»

Ecco, così mi hanno fregato. Considerato il fatto che Michael non può essersi sognato da solo il mio spettacolo di Capodanno, tutti gli indizi conducono a mia madre e alla sua alleanza con Magda. Così mi ha costretto a tornare a Londra. Le donne sono e saranno sempre la mia rovina. Tutte quante! Per fortuna ho avuto un figlio maschio.

Quindi, eccomi qui. Riunione riservatissima tra me, Magda e la stronza. Magda passa lo sguardo da me ad Alicia e ci osserva come se fossimo due cani da combattimento pronti ad azzannarsi. Che non è poi così lontano dalla realtà, in effetti. Può il troppo amore scatenare un odio così irrefrenabile? Non lo so. Ma di una cosa mi rendo conto, ora più che mai. Io quella donna l'ho amata troppo. E il guaio vero e proprio è che non mi è ancora passata e non riesco a reprimermi. Per questo mi sento furioso, non solo con lei. Anche con me stesso.

«Allora... visto che mi hai costretto a tornare qui, posso sapere che intenzioni hai?» Mi rivolgo direttamente a Magda. Ignoro l'occhiata feroce e ardente di Alicia. «Hai scelto tra noi due?»

«No, non ho scelto.» Magda, seduta alla sua scrivania, si rigira agilmente una penna tra le dita. «Non ho intenzione di scegliere. Ora voi due bambocci isterici la smettete di rompere le palle, ve ne andate sul palcoscenico e provate le vostre parti. Cercando di non fare troppo schifo, possibilmente. Non terrete il resto della compagnia in balia delle vostre bizze da star represse!»

«Ah, io sarei il bamboccio isterico...» Scuoto la testa e sogghigno in direzione di Alicia.

«Credevo che dopo otto anni qualcuno qui avesse un atteggiamento più maturo e professionale.» Eccola che mi attacca, proprio lei parla di professionalità. Che coraggio! «Ma evidentemente mi sbagliavo...»

«Non voglio più sentire una parola da voi due!» Magda si alza dalla sedia della sua scrivania con uno scatto sproposito alle sue forze e appoggia entrambe le mani con un impeto tale che per poco non sobbalziamo entrambi. «Voglio solo sentire le battute di Eliza

Doolittle e di Henry Higgins uscire dalle vostre bocche. Non una parola di più sulle vostre vicissitudini personali di cui non me ne frega niente! E sono convinta non frega assolutamente nulla neanche agli altri che sono qui per lavorare! Chiaro?»

Chiaro? Chiaro per forza! Poco ci manca che prenda a sculacciate entrambi da qui al palcoscenico. Davanti al resto della compagnia, magari!

Così iniziamo a provare scene che conosciamo fin troppo bene. Sono ormai stratificate e sub stratificate nella nostra memoria. E già dalla prima scena insieme lei mi punta addosso quegli occhi maliziosi e irrisori e non si limita a recitare le sue battute. Usa con me il suo atteggiamento strafottente, quello che più detesto. E lei lo sa. Le salterei addosso, dannazione! Ma devo trattenermi. Higgins è provocatorio, è irriverente, ironico e sarcastico nei confronti di Eliza Doolittle. Ma non le strapperebbe i vestiti di dosso come io farei con Alicia Chamberlain.

Alla fine delle prime tre canzoni Magda ci blocca.

«Tutti bene, bravi. Tutti tranne Alicia e Oliver nelle scene in comune! Alicia, per favore, guardalo un po' meno come se lo considerassi un cretino. E tu Oliver contegno... è *My Fair Lady*, non il *Moulin Rouge*!»

Devo mantenere la calma, regolare il respiro. Che vecchia stronza! Mi ha fatto fare una figuraccia e ci ha preso gusto, scommetto! Le risatine di sottofondo degli altri non mi aiutano. Devo trattenermi, trattenermi…

«Non me la farei nemmeno se mi pagasse!» Ecco, non mi sono trattenuto! E in realtà non so nemmeno esattamente cosa ho detto. Non ho controllato il senso della frase. Ho detto una stronzata, infatti.

«Ah, così adesso sono loro a pagare te? Ho sempre creduto il contrario!» Mi si avvicina con aria bellicosa, le mani posate sui fianchi. «Visto che ti facevi qualunque essere umano di sesso femminile, bastava che respirasse!»

Stiamo diventando lo spettacolo nello spettacolo, me ne rendo conto. Ma non permetterò ad Alicia di offendermi e passarla liscia, questo mai.

«Almeno io lo facevo per piacere, non mi sono mai venduto per fare carriera. Ed è ancora così. Tu puoi dire altrettanto?»

Non mi risponde. L'ho ammutolita forse. Mi punta gli occhi addosso, sembrano ancora più scuri e lucidi, poi si morde forte le labbra. Solleva un braccio, come per colpirmi in pieno viso. Mi aspetto lo schiaffo e non cerco nemmeno di scansarmi per evitarlo. So di essermelo cercato, magari anche meritato. E forse ne ho davvero bisogno, pur di creare un contatto con lei. Invece lascia ricadere il braccio, si volta, percorre la distanza che la separa dalla quinta più vicina e scompare.

Alicia

Mi sono rifugiata nel mio camerino. Chiusa a chiave. Non mi vedrà piangere quel bastardo, non gli darò questa soddisfazione! Però... però non riesco a non provare ancora quelle emozioni nei suoi confronti. Anche più di prima. Stavo morendo dalla voglia di toccarlo! E anche lui mi fissava in quel modo, con quel desiderio nello sguardo. O magari lo faceva apposta. Solo per provocare me e svergognarmi davanti a tutti. Ne sarebbe capace. E in effetti mi ha insultata, in pratica mi ha dato della puttana di fronte a tutta la compagnia. Lo accetterei se lo meritassi. Ma io so di non aver fatto niente di male! Non c'è mai stato nulla tra me e Grant Stewart. Non ho mai tentato di attirarlo o di fare in modo di piacergli. Altre ci provavano, ma non io. Mai.

Non so perché lui mi abbia scelta per la parte di Eliza anni fa. E non so perché Magda abbia acconsentito. C'erano attrici più esperte di me nella compagnia. Io forse lo meritavo anche per l'impegno ma sono consapevole di non essere stata abbastanza preparata in quel momento. Soprattutto sapevo che non era giusto nei confronti di Oliver, lui era molto più avanti di me. Però... però se davvero mi amava avrebbe dovuto sostenermi, non dubitare di me. Era il mio ragazzo, non un estraneo.

E adesso si è trasformato in quest'uomo brusco, offensivo. Continua a spezzarmi il cuore, ripetutamente, senza pietà. Stavo per colpirlo. Ma poi mi sono fermata. Mi confonde a tal punto da spingermi a dubitare di me stessa. Avrò attratto Grant Stewart inconsapevolmente, magari senza volerlo? Non lo so. Non capisco.

Mi metto di fronte allo specchio. Ho gli occhi rossi e mi sento esausta. Restando in giro per il mercato ho anche preso freddo. Mi passo le mani sul viso. Devo ricompormi e tornare in scena. Fare finta di niente e andare avanti con il mio lavoro, seguendo il mio copione. Sono diventata una professionista, non posso più permettermi la parte da ragazzina ferita.

Oliver è molto bravo, il suo talento è indiscutibile. Me ne sono accorta fin da subito che è diventato ancora più bravo di prima. Uno dei migliori con cui abbia lavorato. Potrebbe superare anche Stewart presto. E io non devo essere da meno.

«Eccomi, sono pronta.» Mi ripresento più determinata e sicura. Non riuscirà più ad abbattere le mie difese, devo costruire un muro talmente solido, talmente inaccessibile da resistere ai suoi attacchi. «Perdonate l'interruzione.»

Comprendo in un'occhiata generale tutti gli altri, evito di puntare lo sguardo su Oliver.

«Scusami...» lo sento mugugnare a pochi passi da me.

Oliver Sutton che si scusa? Sarei pronta a contrattaccarlo approfittando della debolezza momentanea, ma lascio perdere e non cedo alla tentazione. Magda annuisce e ci fa cenno di riprendere. Ed è l'inizio della fine. Se prima eravamo troppo infuriati nel rapportarci, ora sembriamo due universi separati che non ne vogliono sapere di incontrarsi, che si tengono a distanza per timore di esplodere al minimo contatto.

«No, no! Oliver, dannazione sembri un pezzo di ghiaccio! Hai il permesso di sfiorarla, non salti in aria!» Magda, dopo aver assistito in silenzio alla nostra misera interpretazione, inizia ad attaccarci. E non ci risparmia. «E tu Alicia, non lo guardi nemmeno in faccia… Non mi sembrava che ti facesse tanto schifo prima!»

A questo punto sì, lo guardo. Mi aspetto una battuta sarcastica da lui, invece resta in silenzio. Sembra triste, abbattuto, come se non sapesse più cosa fare per risolvere la situazione. E io, come una cretina, come una povera illusa, avrei voglia di abbracciarlo, di stringerlo a me, di dirgli che andrà tutto bene e che possiamo superare tutto. Anche il male che ci siamo fatti e che ci stiamo ancora facendo.

«Scendi, Oliver. Fai una pausa.» La voce di Magda è dura, perentoria. «Grant sostituiscilo tu per un po', per favore.»

Scuoto la testa. No, no. Perché Magda ci sta facendo questo? Non faccio in tempo a intervenire. Oliver salta giù dal palco e si precipita verso l'uscita, senza una parola. E io non rimango lì, non posso. Non voglio provare con Grant Stewart, nemmeno per un po'. A questo punto comincio a pensare che sia meglio sostituire entrambi. Non voglio seguire Oliver fuori, allora mi rifugio nuovamente nel mio camerino. Se già ora siamo a questo punto non so come riusciremo a gestire le prove generali con i costumi e tutto il resto. Vorrei tanto parlargli, se trovassimo una sorta di accordo, di tregua, solo per riuscire a lavorare insieme...

Qualche minuto dopo sento bussare alla porta. Vado ad aprire e mi trovo di fronte Owen. È stranamente serio, non mi sorride e non tenta di confortarmi come al solito.

«Magda vuole che tu provi con George Washburn nella parte di Higgins.» Mi comunica con aria assente.

«George Washburn nella parte di Henry Higgins? Ma non ha senso!» George ha il ruolo di Zoltan Karpathy, un personaggio minore. Davvero Magda sta perdendo la ragione. Prima propone Grant Stewart e ora George Washburn? «No, mi rifiuto.»

«Allora vieni tu a dirglielo che ti rifiuti, perché io...»

Owen alza leggermente il tono di voce. Annuisco e d'istinto lo abbraccio. Ho bisogno di qualcuno che non mi detesti, di qualcuno che capisca come mi sento.

«Mi dispiace tanto, Owen. Non è giusto che tu sia in mezzo a tutto questo.»

«Lo so. Ma adesso vieni, riprendiamo le prove e cerca di stare tranquilla. Poi magari le cose si sistemeranno.»

Probabilmente non ci crede nemmeno lui però almeno mi incoraggia.

Le cose invece non si sistemano. George se la cava abbastanza bene e conosce la parte. Ma non possiede l'eccellenza e il carisma di Oliver. E io con lui interpreto Eliza in modo scialbo e amorfo, senza nessuna grinta, senza entusiasmo.

Terminiamo così, nell'inconsapevolezza di cosa accadrà. Io so solo che devo parlare con Oliver al più presto e trovare una soluzione. Il problema siamo noi due, è chiaro. Ma possiamo raggiungere un accordo, almeno per questa volta. Poi io me ne tornerò a New York e Magda avrà tutto il tempo di trovare una sostituta in attesa del ritorno di Doreen Randolph.

«Ti va l'idea di una cena?» Owen mi aspetta fuori dal mio camerino, appoggiato al muro con le braccia incrociate. «Anzi, per essere più preciso… ti va l'idea di cenare con me da qualche parte?»

«Certo che mi va!» rido e gli strizzo l'occhio. «Non ricordo nemmeno più quando ho mangiato l'ultima volta, sto morendo di fame!»

Non è del tutto esatto, sono stata troppo tesa per un pasto completo. Ma mi sta bene trascorrere del tempo con il piccolo Owen, ho bisogno di rilassarmi.

Ci ritroviamo così in un ristorante cinese poco distante, tra Covent Garden e Leicester Square. Una tranquilla cena informale, con un amico. Proprio quello di cui ho bisogno al momento. Però lo vedo cupo, pensieroso.

«Owen?» La mia vita è sempre ruotata talmente intorno a me stessa e a Oliver che non mi sono mai preoccupata veramente di lui. Come se tutto dovesse andargli bene per forza. «Va tutto bene?»

«Sì, certo…» annuisce e mi rifila un sorriso tranquillo ma poco spontaneo. «Tutto bene.»

«Perché non mi dici cosa ti preoccupa? Se c'è qualcosa oltre al casino che abbiamo combinato oggi io e tuo fratello?»

«Io…» sospira, scuote la testa e si stringe nelle spalle. «Sai da quanti anni sono nella compagnia di Magda Dwain, Alicia? Gli stessi di Oliver. Io sono più giovane, ero più piccolo quando abbiamo cominciato, lo so. Però… è come se non fossi mai cresciuto, come se fossi rimasto sempre allo stesso livello e non riuscissi mai a emergere. Mai, per quanto io faccia, nonostante tutto il mio impegno non… non sarò mai Oliver.»

Si blocca e abbassa lo sguardo. Non avrei mai creduto che si sentisse così. Owen è davvero bravo e merita molto. L'ho sempre pensato.

«Owen tu non sei Oliver. Tu sei tu... non devi paragonarti a lui.»

Anche Owen ha bisogno di un'opportunità, ne sono convinta.

«Sai quando Magda mi ha mandato a chiamarti per dirti che avresti dovuto provare con George?» Appoggia le posate e mi guarda. Sembra stia cercando le parole adatte per dire qualcosa. «Io... ci sono rimasto male. Perché dentro di me avevo sperato che chiedesse a me, a me di prendere il posto di mio fratello e di provare con te! Invece prima Grant, poi George... Non ha proprio pensato a me, per lei esisto soltanto per i ruoli secondari. E oggi le sono servito solo da intermediario per parlare con te, per convincerti.»

«Sì, capisco...»

No, non capisco. Sono confusa in realtà. Owen ha bisogno di un'occasione, ma non così. Non sostituendo suo fratello nelle pause o in attesa che lui rinunci al ruolo da protagonista. Cerco un modo qualunque per dire qualcosa, per incoraggiarlo. Ma lui riprende la parola per primo.

«Tu mi dici che non devo paragonarmi a mio fratello... Ma io non voglio più fare da comparsa o poco più anche nella vita, oltre che sulla scena.» Mi punta addosso gli occhi azzurri. Dolci, sinceri, ma meno intensi e arroganti di quelli di Oliver. «Io non posso evitare di paragonarmi a lui, Alicia. Perché io voglio quello che ha avuto Oliver. L'ho sempre voluto! E non lo getterei via come ha fatto lui!»

CAPITOLO 10

Oliver

Sono fuori. Ormai è cosa certa. E la verità, nuda e cruda, è che non me ne frega più un cazzo. Intanto è mattina presto, mancano solo tre giorni a Capodanno e mi aggiro per Covent Garden come un povero coglione, ma poco conta. Anzi, conta molto! Perché sono libero di starmene qui intorno a farmi gli affari miei senza essere obbligato ad andare a provare. Per vent'anni mi sono dato da fare, venti lunghi anni di sforzi, di impegno, di disciplina. E a cosa è servito? Proprio a niente!

«Oliver...»

No, no. Neanche a parlarne! Non mi deve circuire con quel faccino dolce e quella vocina tenera e supplichevole. Io non ci casco più. Evito lo sguardo e cambio immediatamente traiettoria. Mi fermo davanti a una bancarella che vende vecchi dischi in vinile e mi concentro passandoli uno per uno.

«Oliver, mi vuoi ascoltare per un minuto soltanto?»

Niente da fare, mi raggiunge e persiste. Mi si affianca e inclina il viso per incontrare il mio sguardo. Io rimango interessatissimo ai dischi in vinile, tutti quanti.

Potrei anche analizzarli uno per uno e comprare tutta la bancarella, pur di non dar retta a lei.

«Ho esaurito la scorta di minuti da dedicare a te, Alicia.»

«Ho capito. Ma io ti volevo solo dire che me ne andrò via al più presto. E non tornerò più qui. Tolgo il disturbo una volta per tutte, non mi vedrai mai più.»

E allora? Che se ne vada se tanto ci tiene ad andarsene!

«Sembra più una minaccia.»

Continuo imperterrito a cercare tra i dischi. Non so nemmeno io che cosa.

«Quindi il posto è tuo, Oliver. Magda al più presto ti troverà una partner degna, ne sono sicura. Allora...»

Abbandono sul banco il disco che tengo in mano.

«Credi che io abbia bisogno della tua pietà per riavere il mio posto?»

«No, certo che no! Sto solo dicendo che...» Mi afferra il braccio e mi strattona obbligandomi a guardarla in faccia. Ma dopo qualche istante io cerco di distogliermi osservando un punto indefinito oltre la sua testa. Non ce la faccio a sentirmi i suoi occhi addosso, ad averla così vicina. «Oliver, tu sei bravo! E non è un complimento perché dopo le offese che mi hai buttato addosso mi verrebbe solo voglia di prenderti a schiaffi. Ma è la verità! Sei eccezionale, molto meglio di quanto ricordassi...»

«Di cosa hai bisogno, Alicia? Cosa vuoi da me?»

Tiene ancora le mani sul mio braccio. Io indietreggio per staccarla da me. Devo resistere. Resistere alla tentazione, all'istinto di prenderla tra le braccia e baciarla. La voglia irrefrenabile di stringerla, di dirle che non mi importa più niente né dello spettacolo né di quello che ha fatto in passato. Dirle che lei è mia e di nessun altro. E che farei qualsiasi cosa, cederei a qualunque compromesso per riaverla, esattamente come prima.

«Ho bisogno che torni. Puoi lavorare solo per qualche giorno con me? Se non vuoi farlo per me o per Magda, almeno fallo per tutti gli altri.»

Detesto il tono supplichevole e dolce con cui mi si rivolge. Lo detesto perché mi indurrà a cedere, lo so. Torno a interessarmi ai dischi e li riguardo dal principio. Intanto il proprietario della bancarella mi fissa con aria spazientita. Ho capito, o compro qualcosa o cambio bancarella.

«Non avete bisogno di me. Magda mi ha già sostituito con Grant Stewart. Com'è andata? Ti sei divertita con lui? Avete avuto anche un dopo lavoro?»

Perché ho chiesto? Mi sale la pressione solo al pensiero. Tra i dischi mi capita tra le mani una vecchia versione di *Cats*. Lo porgo al venditore e cerco il portafoglio nella tasca della giacca.

«Non ho provato con lui! E per il resto non meriti nemmeno una risposta... Comunque, Magda mi ha fatta provare con George Washburn ma non...»

Non riesco a impedirmi di guardarla. Non ci posso credere! George Washburn? Magda dev'essere impazzita! Cerco comunque di recuperare il controllo. Dopo aver pagato, mi incammino con il mio disco tra le mani. E lei mi segue. Quanto è testarda, maledizione!

«Non voglio avere una stalker alle calcagna, Alicia.» Allungo il passo, non so nemmeno io dove sto andando. Potrei arrivare anche a Piccadilly Circus a piedi e poi tornare indietro, a questo punto. «Non mi interessa con chi provi e con chi vai a...»

«Sì, invece. Ti interessa. Forse non di me, ma dello spettacolo ti interessa ancora. Altrimenti non ti aggireresti come un'anima in pena in questa zona, mentre abiti da tutt'altra parte. La città è piuttosto grande a quanto mi risulta, non ti mancherebbero alternative.»

Colpito e affondato! Il guaio è che mi conosce bene, troppo bene!

«Anche tu stai qui intorno. Perché non vai a provare?»

«Stanno sistemando l'audio e la successione delle musiche questa mattina, non hanno bisogno di me. E comunque il mio hotel è qui vicino, a me non serve una scusa per fare un giro in zona. E non compro dischi che non mi interessano per evitare di guardare una persona negli occhi.»

Ora il disco glielo spaccherei in testa! Ma chi si crede di essere? Mi sta dipingendo come un poveraccio frustrato a cui hanno tolto tutto. Un perdente che ancora si aggira speranzoso nel luogo della sua disfatta.

«Vattene al diavolo, Alicia! Tu non sai niente di me, niente!» Fremo di rabbia, mi devo controllare. «E tornatene da dove sei venuta, perché io...»

«Lo farò, te l'ho già detto. Appena terminato lo spettacolo non aspetterò nemmeno un giorno, me ne andrò immediatamente.»

Le trema la voce. Evito il suo sguardo. Detesto vederla piangere. Ma perché deve fare così? Perché mi tormenta? E anche io... Perché devo essere un cazzone totale con lei? Se solo potessi...

«Alicia...»

«Me ne andrò, Oliver. Per sempre questa volta. Me ne andrò perché qui ho troppi brutti ricordi e mi fanno male.» Si passa le mani sul viso, ripetutamente. «No, in realtà... l'unico brutto ricordo per me sei tu, Oliver. Solo tu. Vorrei non essere mai stata con te, l'aver condiviso i miei anni migliori con te è il mio più grande rimpianto, il mio più grande errore. La mia vita sarebbe stata più felice, più serena senza di te. Invece...»

Invece niente. Si volta di scatto e corre via. Così è questo quello che pensa davvero. Sono l'unico brutto ricordo per lei. E pensare che io ho trascorso anni cercando lei in ogni altra donna. Comunque farò quello che mi chiede. Tornerò, porterò a termine il mio lavoro, mi impegnerò per realizzare uno spettacolo perfetto sotto ogni punto di vista. Poi mi prenderò una pausa, una lunga pausa. Me ne andrò in vacanza da qualche parte e magari porterò con me Michael. Una cosa è certa. Riuscirò a dimenticarla, finalmente. Rimpiange di essere stata con me. Io rimpiango di averla amata troppo, di amarla ancora. Ma questa volta mi ha ferito davvero. Questa volta è finita, finita per sempre.

Alicia

Come ho potuto dirgli una cosa del genere? È vero, l'unico ricordo brutto per me è lui. E rimpiango di essere stata con lui. Perché lo amo ancora disperatamente e lo rivorrei con me. Perché soffro troppo ad averlo perso. Ma lui, lui avrà stravolto tutto il senso delle mie parole, come al solito e… E non volevo che mi vedesse piangere mentre mi diceva che io per lui non conto più niente.

Rientro nella mia stanza d'albergo e sbatto la porta dietro di me. Mi butto sul letto. Tutti i miei tentativi per dimenticarlo sono stati inutili. Anche il mio matrimonio è stato inutile. Una vita fittizia in cui io mi sforzavo di recitare la parte di una me stessa felice e innamorata di un uomo che non era lui.

Sento bussare alla porta e sussulto. Il cuore mi batte all'impazzata nel petto. Possibile che sia lui? Possibile che mi abbia seguita? Non mi chiedo nemmeno come sia riuscito a ottenere il numero della mia camera, mi precipito ad aprire. Oliver, ti prego…

«Owen…» Cerco di ricompormi, ma non credo di riuscirci. Mi sento distrutta e Owen mi conosce troppo bene per non rendersene conto. «Scusami, è un momento un po'…»

«Lo so. Ero lontano ma ti ho vista discutere con Oliver. Ho preferito non avvicinarmi.»

Resta sulla porta. Io non ho nemmeno la prontezza di riflessi per invitarlo a entrare. Ha un'espressione desolata e triste.

«Entra pure…»

Mi sposto e gli faccio cenno con la testa. Dopo la cena di ieri sera mi sento confusa nei suoi confronti. Non sapendo esattamente come interpretare le sue parole l'ho buttata sul piano lavorativo. Se c'è altro non voglio capire, non voglio sapere. Spero con tutto il cuore di essermi sbagliata.

«Alicia, ieri sera…» Sembra esitare, non l'ho mai visto così teso e nervoso. Ora vorrei davvero riavvolgere il nastro e tornare indietro, fermare tutto, ma temo non sia possibile. «Io non voglio che tu te ne vada, Alicia. Per cui ti prego, non tornare negli Stati Uniti. Io voglio che tu resti qui... E c'è un'altra cosa che voglio... che vorrei... una possibilità. Una possibilità per...»

Speravo davvero di sbagliarmi, di aver frainteso. In parte lo spero ancora, in questo momento vorrei solo che tornasse a essere il piccolo Owen, il mio amico fraterno, il mio confidente dolce e tranquillo. E invece no. Owen mi si avvicina e io mi lascio andare tra le sue braccia. Mi accarezza la schiena, appoggio la testa sulla sua spalla. Sarebbe così facile con lui, così rilassante, così... Ma non posso. Io non posso. Gli farei solo del male, lo so. E lo farei anche a me stessa.

«Non posso, Owen.» Mi stacco da lui, prima che sia troppo tardi. Sono debole, sono fragile e vulnerabile. Non voglio approfittarmi del suo affetto, della sua dolcezza. Ancora meno della sua somiglianza fisica con Oliver. «Io sono... la mia situazione è troppo complicata...»

«Lo so, è... perché sei ancora sposata in America, oppure...»

No, non sono ancora sposata. Il mio divorzio è effettivo da mesi ormai. Comunque non è quello il punto. E lui dovrebbe saperlo. Forse rifiuta l'idea, ma dovrebbe saperlo.

«Non è quello il motivo, Owen. Io...»

«Oliver.»

Giunge da solo alla conclusione. Leggo una sofferenza nei suoi occhi che io non so come placare, come consolare. Comprendo che avrebbe preferito credere che l'impedimento tra noi fosse il mio matrimonio con Dave. O piuttosto che io fossi ancora innamorata del mio ex marito. O di chiunque altro.

Devo dirgli la verità. Forse è una verità che lui già conosce e che io non posso comunque negare.

«Sono ancora innamorata di lui, nonostante tutto. C'è sempre stato Oliver, per me. Fin dal primo giorno. Anche con mio marito c'era Oliver. Dave è un bravo ragazzo e io ci ho provato. Gli ho voluto bene, davvero. Ma non è stato abbastanza...»

Non so che altro aggiungere. Ma non credo che ce ne sia bisogno, perché Owen annuisce brevemente, distoglie gli occhi azzurri da me, abbassa lo sguardo, si stacca completamente, mi volta le spalle e se ne va richiudendo la porta dietro sé. E io rimango sola nella mia stanza d'albergo mentre probabilmente l'unico uomo che io abbia mai amato crede di essere stato il più grande errore della mia vita.

CAPITOLO 11

Oliver

Io, da bravo imbecille, sono tornato. Ma lei non c'è. Mi fanno provare con Rachel, tanto per il gusto perverso di sprecare tempo e fiato. Questa poveretta oltretutto ha un terrore folle di me, nonostante io ora mi stia sforzando di essere gentile con lei. Da come mi guarda mi sento un mostro a tre teste. Come si chiamava? Cerbero, sì Cerbero.

Sono sicuro di riuscire a mantenere il controllo. Se solo la nostra star internazionale si decidesse a farsi viva e a degnarci della sua presenza e collaborazione...

Lavoro e solo lavoro tra noi. Due giorni e mezzo di intenso lavoro. Possiamo farcela. Conosciamo entrambi la parte alla perfezione, gli altri attori sono preparatissimi. Il vero problema siamo noi due insieme. Abbiamo bisogno di sforzarci solo per un paio di giorni. Ma se ci alterniamo nella partecipazione alle prove non so come arriveremo alla serata dello spettacolo.

Magda ci fa fermare ancora una volta. Magari mi fornirà una spiegazione plausibile per l'assenza della sua protetta. Non la capisco proprio. Fa di tutto per convincere me a tornare e ora che io sarei anche ben disposto sparisce lei! Tanto ormai ho raggiunto la pace dei sensi nei suoi confronti. Non provo più nulla. Nemmeno rancore o rabbia. Un nulla assoluto e totale.

Sono stufo di restare qui in sospeso. Scendo dal palco e raggiungo la postazione di Magda nelle prime file. Non mi accorgo che nel frattempo anche quel vecchio bavoso di Stewart si aggira nell'ombra. Sembra sempre più un avvoltoio pronto a scagliarsi sulla preda. Chi cerca ora? Ho una voglia pazza di prenderlo a pugni. Avrei dovuto farlo già anni fa! Non importa, mi devo controllare per il momento... e quello che devo dire lo dirò lo stesso.

«Insomma... lei dov'è?» Incrocio le braccia e vado subito al punto. «Stiamo perdendo tempo. Io sto perdendo tempo se lei non c'è!» No, non resisto. È più forte di me. «E comunque mi rifiuto di provare con il suo vecchio amante che si aggira per la sala come un avvoltoio pronto a scagliarsi sulla preda!»

Ecco, l'ho detto. Quello che penso, parola per parola.

«Oliver!» Magda mi rivolge un'occhiata gelida ma non si scompone. «Lo so che non è nella tua natura, ma potresti tentare di tenere sotto controllo la gelosia? Ascolta...»

«No, io non ascolto. Io...»

Inutile perdersi in chiacchiere. Magda è dalla parte di quello, come sempre del resto. Appena lo vedo avvicinarsi e giro i tacchi per tornare sul palco.

«Dovresti imparare ad ascoltare invece di trarre conclusioni affrettate.» Lui? Come si permette di intervenire?

La sua presenza sta diventando ingombrante e oppressiva ora che non ha più nulla a che fare con noi. E si è rifatto vivo più o meno in coincidenza con il ritorno di Alicia. Mi hanno preso tutti per scemo?

Non replico e torno al mio posto. Ho promesso a me stesso di restare calmo e così farò. Presto tutta questa storia sarà finita e io archivierò questa parte della mia vita per sempre. Non so ancora cosa farò dopo. Probabilmente mi cercherò un altro lavoro. Ma non ci voglio pensare ora. Ci penserò il primo gennaio. Ci penserò l'anno prossimo.

Alicia

Tutto sta diventando sempre più difficile. I continui litigi con Oliver, la conversazione con Owen. Sono trascorsi solo pochi giorni dal mio ritorno a Londra ma mi sembra un'eternità.

E mi basta rivederlo, ritrovarmelo davanti per impazzire. Quando non guarda verso di me non riesco a staccargli gli occhi di dosso. Il suo viso, il suo corpo, i suoi movimenti. Tutto di lui mi attrae. Anche il suo modo di fare stizzoso e collerico.

C'è una parte di lui che ritrovo anche in me stessa, non lo posso negare. Ma c'è anche tanta dolcezza nei suoi occhi, nei suoi gesti. E io l'ho conosciuta questa dolcezza, l'ho assaporata. Per questo non sono in grado di rinunciarvi. Forse non lo sarò mai.

«Cerchiamo di comportarci da professionisti, se sei d'accordo.» Mi dice con tono pacato appena rientro in teatro e mi preparo per le prove. «Facciamo del nostro meglio, perché ormai non c'è più tempo da perdere e tutto dipende da noi due.»

«Sì, Oliver. Sono d'accordo.»

Gli sorrido. Vorrei toccarlo, vorrei accarezzargli il viso, abbracciarlo. Ma mi respingerebbe, quindi me ne sto tranquilla e composta.

Anche lui accenna un sorriso. Mi attraversa il corpo con lo sguardo, poi posa gli occhi sul mio viso. Cerco di trattenermi, di non arrossire, di mantenere i battiti del cuore a un ritmo non troppo accelerato. Non ci riesco. Lo voglio, lo rivoglio per me. Ma lotto per ricompormi.

Tutto sembra funzionare, finalmente. Anche con gli abiti di scena. Riusciamo a interagire e a rendere ogni scena credibile e divertente al tempo stesso. Sono un po' a corto di fiato durante il canto di *I Could Have Danced All Night* ma nessuno sembra accorgersene.

Io e Oliver entriamo in sintonia. Senza troppa freddezza ma neanche eccessiva rabbia. Il rapporto tra Eliza Doolittle e Henry Higgins segue il suo corso. Mentre io devo lottare per tenere a bada il desiderio che provo per Oliver Sutton ogni volta che i suoi occhi si posano nei miei, ogni volta che mi tocca o mi stringe la vita in una scena di ballo che Magda, perfidamente, ci fa ripetere più volte.

Ho un attimo di pausa mentre gli altri attori provano le loro scene, ma mi preparo a rientrare. Mi apparto in un angolo massaggiandomi il collo e soprattutto le spalle che sento indolenzite e doloranti.

«Ti fanno male?»

Me lo ritrovo di fronte. Appoggia una mano alla parete e mi scruta dubbioso.

«Oliver... No, io... sono solo un po' tesa...»

E ho il fiatone come se avessi preso la rincorsa per una maratona ad averlo così vicino. Spero che non se ne accorga.

«Girati... abbiamo qualche minuto di tempo.»

Mi fa cenno con la testa di voltarmi.

«Ma io...»

Lo guardo smarrita, quasi spaventata.

«Non ho intenzione di strangolarti, mi servi viva almeno fino alla fine dello spettacolo.» Preme leggermente la mano sulla mia spalla. «Ma ti facevano bene i miei massaggi, ricordi?»

Annuisco e mi giro, chiudo gli occhi mentre entrambe le sue mani si posano con dolcezza sulle mie spalle. Inizia a massaggiarmi partendo dalla base del cranio, poi giù lungo il collo per scendere infine alle spalle, premendo le dita delicatamente in certi punti e con più energia in altri.

Cerco di respirare piano, di lasciarmi andare. Dopo aver massaggiato le mie spalle, le sue dita risalgono al collo e arrivano a sfiorarmi il viso e le labbra. Così perdo l'equilibrio e mi sbilancio all'indietro, andando ad aderire con la schiena contro il suo petto. Non faccio in tempo a spostarmi. Lui mi stringe la vita da dietro, avidamente, sento il suo respiro nell'incavo del collo, poi le sue labbra che mi fanno fremere, mentre le sue mani cercano la mia pelle sotto al vestito.

«Oliver...»

Riesco a rigirarmi e lo afferro per la testa, infilando le dita tra i suoi capelli. Incontro i suoi occhi e leggo lo stesso mio desiderio. Non riesco a resistere, lo bacio io per prima. Risponde al bacio senza esitazione, mi ritrovo aggrappata a lui in un angolo buio del teatro mentre perdo il controllo delle lacrime che mi inondano il viso.

«Alicia, scusami... Io devo andare...»

Corruccia la fronte lanciando un'occhiata verso il palcoscenico. Tocca di nuovo a lui. Sparisce così. Lasciandomi sola e in lacrime a meditare sul fatto che non mi sono illusa. Anche lui prova ancora qualcosa per me. Però... però mi ha fatta soffrire tanto e potrebbe farlo ancora. Questo lo so fin troppo bene.

Riprendo anche io le prove. A volte mi guarda con una tenerezza che mi fa male. Non vorrei interpretare nel modo sbagliato i suoi sguardi, scambiando per amore e passione qualcosa che invece è solo collaborazione e dovere professionale.

Sono stata io a baciarlo per prima, lui ha solo risposto. Che novità sarebbe? Conoscendolo, lui avrebbe risposto a chiunque.

Ma io non sono chiunque. Io lo voglio, lo voglio ancora. Rivoglio il mio amore, rivoglio il mio ragazzo. Mentre, dopo le prove, gli altri decidono di uscire a cena, io respingo l'invito. Sono stanca, ho bisogno di riposare. Oliver invece sembra di buon umore, più allegro e divertente del solito, propenso a trascorrere una piacevole serata in compagnia. Io non voglio averlo intorno. Finché si tratta di recitare, gli altri potrebbero non rendersene conto, mescolando finzione e realtà. Ma se usciamo dagli abiti di scena e torniamo noi stessi, temo che tutto il resto della compagnia si accorga che sono innamorata di lui e che non riesco nemmeno a tenere a bada i miei sentimenti oltre che ai miei istinti.

«Stai bene, Alicia?» Owen sembra l'unico a preoccuparsi per me.

«Sì Owen, sto bene. Ho solo bisogno di riposare un po' questa sera.»

Vorrei tanto confidarmi con lui ma ora so che non posso, non posso più. So cosa prova per me e mi sento quasi delusa, abbandonata, come se lo avessi perso. Ora sono davvero sola, irrimediabilmente sola.

Appena raggiunta la mia stanza d'albergo mi sento ancora più confusa, smarrita. Continuo a ripercorrere la scena del bacio con Oliver, una, due, mille volte, come in un replay impazzito. Entro nella doccia in cerca di un po' di pace e di sollievo. Una doccia calda e avvolgente che sciolga via tutta la tensione. Serve a poco perché invece percepisco ancora il tocco delle sue dita e delle sue labbra sulle spalle, sul collo.

Uscita dalla doccia mi infilo l'accappatoio, poi mi siedo davanti alla specchiera e mi pettino. Sembro davvero stanchissima questa sera, ho gli occhi cerchiati di ombre scure e l'espressione dolorante. Decido di restare così e di andare a rilassarmi qualche minuto sul letto. Poi magari leggerò un po' sperando di non pensare a lui e di riuscire ad addormentarmi.

Non faccio in tempo a stendermi. Sento bussare alla porta. Non ho nessuna voglia di andare ad aprire. Chiunque sia se ne andrà. Invece mi alzo, automaticamente.

Chi potrebbe essere? Forse Owen, magari vuole solo controllare che io sia ancora viva.

«Oliver...» No. Non lui, non adesso. «Che cosa... Che cosa vuoi, Oliver?»

Mi sento a disagio. Sono stanca, struccata e senza energia. Non in condizioni di farmi vedere da lui. Via la maschera da attrice, ora mi vede davvero per quella che sono, una povera donna distrutta. E io non voglio che lui mi veda così.

«Sei davvero sicura di volerlo sapere, Alicia?»

Non capisco il suo gioco. Non sono più in grado di giocare io. Vorrei solo riuscire a trovare un po' di pace. Mi stringo nelle spalle e abbasso il viso nell'inutile tentativo di evitarlo. Sto piangendo, di nuovo. Non deve vedermi piangere, mai più. Lui mi ha offesa, mi ha insultata, mi ha incolpata di qualcosa che io non ho mai fatto. Troppe volte. Troppe volte.

Muove qualche passo verso di me, mi solleva il mento con due dita e mi guarda negli occhi. Rimane così, senza staccarli dai miei, come se stesse tentando di leggermi dentro. I suoi occhi azzurri sembrano bruciare ora. Sicuramente stanno incendiando me, il mio cuore, il mio corpo.

Perché non mi dà pace? Perché? Mi ritrovo con le labbra sulle sue, mentre con un braccio mi cinge a sé e con l'altra mano chiude la porta con un colpo secco.

«Ecco cosa voglio!»

Si avventa ancora sulle mie labbra e poi sul mio collo, liberandosi del mio accappatoio con fin troppa facilità e facendomelo scivolare giù fino a terra. Io non oppongo alcuna resistenza. Per un istante torno lucida e vorrei respingerlo, ma non ci riesco. Mi sembra di aver atteso questo momento per anni.

«Oliver...» sospiro sulle sue labbra e tremo. Di freddo, di paura e di passione mescolati insieme. Il mio corpo lo richiama come impazzito, fremente.

Lo aiuto a liberarsi della giacca che gli scivola giù dalle spalle. Poso le mani sul suo petto e lo percorro, poi gli strappo la camicia con un gesto deciso. Me ne rendo conto perché sento tintinnare i bottoni sul pavimento. Scendo a baciargli il torace, accarezzo la sua pelle nuda.

«Alicia...»

Mi ferma, prende il mio viso tra le mani, guardandomi negli occhi.

Ti amo, Oliver. Ti amerò sempre. Vorrei dirglielo ma ho paura, troppa paura. Posso solo rispondere ai suoi baci, all'impeto della sua passione che ora non è più solo un ricordo e un rimpianto.

Mi squadra da capo a piedi e sorride.

«Dio mio, quanto sei bella...»

Poi mi afferra nuovamente, accarezzandomi i fianchi, la schiena, i glutei.

Sorrido spingendomi contro di lui. Gli prendo le mani e indietreggio lentamente verso il letto.

«Anche tu non sei male, nonostante tutto…»

Scuote la testa con una smorfia e mi solleva per la vita, accelerando i tempi.

«Troppo gentile…»

Ride ricadendo su di me. Chiudo gli occhi e gli accarezzo i capelli lasciandomi andare completamente al suo tocco, ai suoi baci. Trattenendo però tutte le parole d'amore che vorrei dirgli, che vorrei gridargli, ma che ho troppa paura per esprimere.

CAPITOLO 12

Oliver

La scorsa notte è stata un errore. Spero che anche lei lo abbia capito. All'alba, mentre ancora dormiva, sono scivolato fuori dalla sua stanza. Per un attimo mi sono trattenuto a osservarla, così avvolta nel sonno. Quanto è bella, la mia Alicia. Ma non doveva accadere. Mi sono lasciato trascinare dall'amore che provo ancora per lei. Devo solo dimenticare tutto ora, di nuovo. E mi farà male lasciarla andare.

Ancora prove, ormai manca davvero poco tempo. Ma sembrano interminabili questi ultimi giorni, quasi eterni. La osservo mentre canta *Wouldn't It be Loverly?* Balla e si muove con tanta disinvoltura. Così bella e brava. Più di quanto ricordassi. Forse... forse io...

«Che intenzioni hai, Oliver?»

Owen richiama la mia attenzione. Non capisco la sua domanda. O meglio, non capisco dove voglia arrivare.

«In che senso?»

«Alicia. Vuoi usarla ancora?»

Mi scruta come se stesse interrogando un indagato per omicidio. Ma cosa vuole? Possibile che debbano accanirsi tutti contro di me?

«Stiamo lavorando, Owen! Cerca di concentrarti su questo.»

Sottolineo con il tono di voce la parola "lavorando". In ogni caso quello che faccio, con chi vado a letto e quando non sono affari suoi!

«Ho capito.» Annuisce serio, troppo serio. Bene, per fortuna ha capito! «Ti vuoi approfittare di lei, ancora una volta.»

Invece non ha capito proprio un cazzo! Ma vaffanculo, Owen! Mi trattengo dall'esprimermi ad alta voce solo perché, appunto, stiamo lavorando e abbiamo gente intorno pronta a cogliere anche i bisbigli.

Io l'amavo. Nessuno lo ha capito. Neanche mio fratello. Probabilmente nemmeno lei stessa lo aveva capito. E a questo punto è meglio che non lo capisca e che se ne torni a casa sua a New York appena libera. Io non ne posso più di questo spettacolo. Mi riporta continuamente a lei. Mi prenderò una lunga pausa e poi deciderò cosa fare della mia vita.

Riprendiamo le prove. Ma stasera non sono in vena di uscire a cena o di far festa. Mi ritiro da solo in un angolo appartato del "Lion's Roar".

Ho ignorato Alicia per quasi tutto il giorno, lo so. Ho cercato di evitarla quando non eravamo in scena. Non me la sentivo di parlare della nostra notte insieme. Se capisse quanto sono innamorato di lei mi sentirei troppo vulnerabile in questo momento. Se sapesse che la amo nonostante tutto... Che non mi importa cosa ha fatto, nemmeno che sia stata l'amante di Grant Stewart mi importa più. Ed è inutile che lei neghi, io lo so. Forse se ne vergogna ora, capisco che era giovane e smaniosa di arrivare in quel momento, però...

«Ciao... ti ricordi di me?»

Riconosco immediatamente la vocetta un po' stridula. Trattengo il bicchiere tra le mani, sorseggio il mio drink, poi lo appoggio sul bancone.

«Certo, mi ricordo di te.»

La piccola segretaria di Magda. La biondina. Va bene che sto invecchiando, ma non sono già così rincoglionito.

«Cheryl...» Mi ricorda il suo nome. Evidentemente non si fida della mia memoria. «Ti andrebbe di fare qualcosa insieme?»

Vorrei chiederle di chiarirmi il concetto di "qualcosa insieme" solo per metterla a disagio. Sono tentato. Sia di chiedere cosa intende sia di fare effettivamente qualcosa insieme a lei. No, non è del tutto vero. Non sono tentato perché ne ho voglia. Sono tentato solo perché spero mi serva a distogliere il pensiero.

«Questa sera sono impegnato, Cheryl.» Alla fine mi rendo conto che non è proprio il caso. Mi alzo e indico la porta con la testa. «Tu hai bisogno di un passaggio?»

«No grazie, io rimango. Sono qui con degli amici…»

Sospira delusa. Ecco come sono fatte le donne! Una volta che cerco di comportarmi bene e di non approfittarmene, le deludo.

Esco dal locale. Devo decidere della mia vita. Sono talmente ansioso di capire cosa fare di me stesso che non posso aspettare. Ho bisogno di parlare con qualcuno. Mi chiedo se troverò Magda nel suo ufficio, cioè nella stanzetta che usa come ufficio in teatro. Lo so che non è il momento più opportuno per ossessionarla con i miei problemi personali, lo so che sarà in fibrillazione per lo spettacolo, però… Magari ha tempo di scambiare qualche parola con me, di darmi qualche consiglio, ora che vorrei davvero comportarmi in modo maturo e responsabile.

So di non essere perfetto. Ma in fondo devo riconoscere che Magda Dwain tanti anni fa mi ha salvato da un destino che mi avrebbe portato chissà dove… Probabilmente in riformatorio o addirittura in prigione. Magari potrà aiutarmi ancora una volta a prendere la strada giusta, a dare una svolta alla mia vita.

Alicia

Ho tentato in tutti i modi di avvicinarmi a lui, di parlargli. Ma niente. Mi ha evitata tutto il giorno. Inizialmente credevo che volesse concentrarsi sulle prove, considerata l'imminenza dello spettacolo. Poi mi sono resa conto che mi ignorava intenzionalmente quando non eravamo in scena.

Magda e Grant hanno richiesto la mia presenza. Giusto per complicarmi l'esistenza ulteriormente. Siamo nell'ufficio di Magda a definire non so cosa per la serata dello spettacolo. Ho la mente completamente altrove.

Perché poi non hanno invitato anche Oliver? Forse perché è sparito alla velocità di un fulmine appena terminate le prove? Se si è pentito di essere stato con me poteva dirlo chiaramente evitando di fuggire e di nascondersi. È e rimarrà sempre il solito stronzo immaturo! Mi sono solo illusa che potesse nascere qualcosa di nuovo tra noi.

«A quanto vedo hai sistemato la questione con Oliver.»

Brava Magda, grazie per aver rigirato ancora di più il coltello nella piaga!

«Sì, più o meno.»

Non ci ho chiuso occhio la notte scorsa, infatti. No, Alicia! Rimuovi immediatamente il pensiero di quel bastardo nudo nel tuo letto! Non ce la faccio. Mi sento male. E mi viene anche da piangere. Stringo forte i pugni per resistere, poi mi aggrappo ai braccioli della sedia dove sto seduta, di fronte a Magda.

«Vi lascio parlare...» Grant si alza dalla poltroncina accanto alla scrivania di Magda. «Devo fare un paio di telefonate.»

Probabilmente non è vero. Deve aver intuito che sono completamente a terra e che preferisco non avere a che fare con lui.

«Credi di riuscire a reggere la tensione, Alicia?»

Appena uscito Grant, Magda mi affronta direttamente. Mi punta gli occhi addosso nel modo che solo lei sa fare. Rendendomi impossibile mentire o scherzare in proposito.

«Non mi sembra di avere alternative, vero?»

Saranno solo i due giorni più lunghi della mia vita. Poi per me ci sarà una vita intera senza lui. Una vita senza lui. No, non posso. Non ora. Non così. Per quanto mi sforzi, per quanto mi morda le labbra per impedirlo, per quanto tenti anche di indirizzare lo sguardo altrove, non riesco a resistere. Scoppio in singhiozzi, come non facevo da anni. Come una bambina che non vuole accettare la realtà, che non vuole rassegnarsi alla sconfitta.

«Tu lo ami, Alicia.»

Magda non è mai stata il tipo che gira molto intorno alle parole. L'ho sempre apprezzata per questo, ma non ora. Sentirmelo gettare in faccia così mi fa troppo male.

«L'ho sempre amato.» Non mi resta che ammetterlo. Anche perché ormai temo che sia evidente agli occhi di tutti quanti. «Anche quando… quando me ne sono andata. Anche quando mi sono sposata con Dave e… Ho tentato di essere felice, ho tentato con tutte le mie forze. Aspettavo un bambino, credevo che potesse aiutarci a far funzionare il nostro matrimonio. Ma quando l'ho perso quel poco che ci teneva uniti è crollato definitivamente. Ci siamo separati e mi sono concentrata esclusivamente sul lavoro. Poi sono tornata qui, ho rivisto Oliver. Ma non lo avevo mai dimenticato…»

«Perché non abbatti quel muro che c'è tra voi? Perché non gli parli sinceramente?»

Parlare sinceramente? A Oliver? Ma l'ha visto Magda com'è fatto Oliver? Come si comporta, come fugge dalle situazioni invece di affrontarle? Eppure lo conosce da tanti anni. Non l'ha ancora capito?

«Oliver mi ha accusata di essere stata l'amante di Grant Stewart! E mi accusa ancora, non sembra aver cambiato idea in proposito! L'hai sentito anche tu.» Mi alzo e scuoto la testa. Se questo è il consiglio di Magda è tutto inutile. Non c'è soluzione, non c'è speranza.

«Non posso perdonarlo per questo. Dimostra di non conoscermi affatto, anche se...»

Torno a sedermi e fisso Magda negli occhi. Mi sembra esitante, distoglie lo sguardo e si passa delle carte e dei manifesti pubblicitari da una mano all'altra. Ora o mai più. Anche io sono sempre stata curiosa di sapere, di capire.

«Magda... c'è una cosa su cui Oliver ha ragione. E su cui mi sono interrogata anche io, soprattutto quando tutto è finito tra noi e me ne sono andata. Io so di essere brava ora. Sono consapevole del mio talento. E anche prima lo ero, ma stavo ancora crescendo. C'erano persone decisamente migliori di me all'interno della compagnia, più preparate, più esperte. Perché Grant Stewart ha scelto me? Perché ha voluto me a tutti i costi quando la prima attrice ha lasciato la compagnia? E perché tu lo hai assecondato?» Cerco di ripercorrere le tappe del mio rapporto con Grant. Professionale e anche privato, quando non eravamo in scena. Ma non trovo nulla. «Io forse ero ingenua, forse non me ne sono accorta... ma non mi è mai sembrato che Grant mi volesse come amante, che avesse quel tipo di interesse nei miei confronti, anche se so che ha avuto molte donne. Eppure mi ha favorita...»

«Infatti, non aveva quel tipo di interesse per te. Grant non ti voleva affatto come amante, Alicia! Non gli è mai nemmeno passato per la testa!»

Magda abbandona con stizza le carte sul tavolo. Alza a tal punto il tono di voce da urlarmi in faccia, quasi. A tal punto da spaventarmi. Sobbalzo e sgrano gli occhi su di lei, in attesa di una risposta. Poi cerco di riprendermi e ricompormi.

«Allora? Per quale assurdo motivo ha scelto proprio me?»

Adesso mi sento davvero piccola e stupida. Che cosa mi sfugge? Che cosa non capisco? Cosa sembra così palese ed evidente agli occhi di Magda ma io non riesco ad afferrare?

«Il motivo è solo uno, Alicia. Grant Stewart ti ha scelta e ti ha voluta a tutti i costi al suo fianco perché credeva che tu fossi sua figlia!»

CAPITOLO 13

Oliver

Lei non mi aveva tradito. E io non le ho creduto, io ho dubitato di lei. Io l'ho insultata, le ho dato della...

No, non è possibile! Sua figlia! Grant Stewart era convinto che Alicia fosse sua figlia! Ho sentito la voce di Alicia avvicinandomi all'ufficio di Magda e non ho potuto fare a meno di restare ad ascoltare dietro alla porta. Voleva sapere perché era stata scelta da Stewart e da Magda. Perché...

Me ne sono andato prima che Alicia uscisse, prima che lei e Magda si accorgessero di me. Mi aggiro per Covent Garden. Non mi rendo nemmeno conto di dove sto andando. In realtà continuano a risuonarmi in testa le parole della conversazione tra Alicia e Magda, a cui ho assistito non visto.

Alicia. Se solo penso a come l'ho trattata anni fa e anche negli ultimi giorni. Se solo penso che... sono stato io a tradire lei, io! Io l'ho persa. L'ho persa per sempre ed è stata tutta colpa mia.

La madre di Alicia aveva avuto una relazione con Grant Stewart. Era già sposata con quell'americano, ma era tornata qui per qualche settimana, in visita a Magda...

No, no, non ci posso credere! Hanno ingannato anche lei, anche Alicia non ne sapeva nulla. Grant era innamorato della madre di Alicia, anche dopo la sua morte... ha continuato a scrivere lettere per lei. Lettere ad Alison. Alison Wright, la madre di Alicia.

Non riesco a trovare pace. Non troverò mai pace! Resto appoggiato qui, alla colonna di Covent Garden dove l'ho baciata la prima volta. Vorrei solo dimenticare tutto quanto. Forse potrei andare a bere, ubriacarmi fino a stordirmi, fino a non comprendere più... non ricordare che sono stato io a rovinare tutto, che sono stato io a distruggere la nostra storia.

Se penso alle parole che le ho rivolto, al disprezzo che le ho scaricato addosso. Resto immobile, appoggiato qui. Non voglio nemmeno tornare a casa. Ripercorro la strada verso il teatro. Non so nemmeno io perché. Sarà chiuso probabilmente, se ne saranno andati tutti, comprese Magda e Alicia.

Infatti è chiuso. Provo a passare dal retro e trovo la porta aperta. Quasi mi scontro con qualcuno mentre sto per raggiungere i camerini. Louise? La segretaria anziana di Magda. Si sistema gli occhiali, come per provare a identificarmi nel buio. Anche se sono certo che mi abbia riconosciuto fin dal primo istante. Poi sospira e scuote la testa, con espressione desolata.

«Voleva provare qualche altra canzone...» mi sussurra appena quella donna scheletrica e un po' curva. L'ho sempre considerata una sorta di fantasma, di anima eterna del teatro, una presenza sempre invisibile ma costante come lo è stata per anni al fianco di Magda Dwain. «Lei è davvero molto scossa.»

Annuisco. Deduco che lei sappia. E probabilmente sa anche che io so, che ho spiato la conversazione. Deve avermi visto. Resto dietro le quinte mentre Alicia aspetta con occhi chiusi che la musica abbia inizio.

Mi accorgo immediatamente che la base non è quella di una canzone di *My Fair Lady*, ma di *I Dreamed a Dream* di *Les Misérables*.

"I dreamed a dream in times gone by
When hope was high and life worth living
I dreamed, that love would never die
I dreamed that God would be forgiving
Then I was young and unafraid
And dreams were made and used and wasted
There was no ransom to be paid
No song unsung, no wine untasted..."

Non l'avevo mai sentita interpretare questa canzone, la storia disperata di Fantine, i suoi sogni, le sue speranze di una vita felice ormai distrutte, annientate per sempre.

"But the tigers come at night
With their voices soft as thunder
As they tear your hope apart
As they turn your dream to shame
He slept a summer by my side
He filled my days with endless wonder
He took my childhood in his stride
But he was gone when autumn came..."

Mi passo le mani sul viso. Sono stato io a distruggere tutti i sogni di Alicia. Sono stato io il responsabile della sua infelicità e anche della mia. Io, la mia gelosia, la mia irragionevolezza.

Lascio che la sua voce e le parole della canzone mi inondino la mente e il cuore. Rimango fermo, in silenzio nel buio e continuo ad ascoltarla. Mentre vorrei correre verso di lei, stringerla tra le braccia, chiederle di perdonarmi. Ma come potrà mai lei perdonarmi se nemmeno io riesco a perdonare me stesso?

Me ne vado. Saluto Louise con un cenno del capo ed esco nella notte buia e senza stelle. E mi sento un miserabile anch'io, un reietto, un ribelle senza più speranza. Sconfitto e massacrato dalla vita, esattamente come lo è stato il giovane rivoluzionario nel primo spettacolo che ho interpretato tanti anni fa.

Alicia

Se solo lo avessi saputo prima non lo avrei perso. Non così. Resta il fatto che lui avrebbe dovuto fidarsi di me. Invece ha preferito credere che io mi fossi concessa a Grant Stewart per fare carriera.

Mio padre... Grant Stewart mio padre. O almeno si era convinto di esserlo.

Se solo fosse possibile cancellare tutto e ricominciare dal principio. Al momento in cui ero felice insieme a Oliver, in cui ci amavamo e l'unica nostra preoccupazione era cantare, perfezionarci, migliorare il mio accento. Non ci importava nemmeno di avere un ruolo da protagonisti o di primo piano. Eravamo felici. Io almeno lo ero e forse anche lui. Finché io ho ottenuto la parte di Eliza Doolittle e lui mi ha tradita e ha messo incinta un'altra donna. Finché il suo scopo è diventato unicamente quello di sfidarmi e diventare migliore di me, anche dall'altra parte dell'oceano.

Ho trascorso una notte insonne, dopo essermi trattenuta in teatro fino a tardi, nel vano tentativo di sbollire la rabbia e la frustrazione. Louise ha silenziosamente accettato di trattenersi e di rimanere con me, per non lasciarmi sola.

Ora sono troppo sfinita e distratta durante le prove. Ma è il giorno prima dello spettacolo, non posso permettermi errori o rischiare di dimenticare le battute.

Però sono ancora sconvolta e non riesco a riprendere consapevolezza di me stessa, di quello che ho saputo.

Evito di guardare Oliver, evito addirittura di incontrare il suo sguardo. Mi ha tradita. Mi ha tradita e io davvero non avevo colpa. Neanche inconsapevolmente avevo colpa. Forse la verità è che voleva tradirmi, forse fa parte del suo carattere l'infedeltà, la noncuranza nell'infliggere dolore alle persone. È fatto così e non c'è soluzione, non cambierà mai.

Sono davvero troppo svagata oggi. Continuo a ripetere frasi, gesti, movimenti. Come da copione, un copione che conosco da tanti anni, ormai. Ma canto senza dare senso alle parole, mi muovo senza eccessiva enfasi da una scena all'altra. Non riesco a prestare attenzione ai suggerimenti di Magda, agli interventi dei miei colleghi, quasi perdo il filo delle mie entrate e delle mie battute. Aspetto solo che tutto finisca, a partire da questa giornata.

E per me finisce davvero. Perché durante la scena in cui canto *Show Me* insieme a Owen nella parte di Freddy, girando su me stessa scivolo inciampando nel mio abito e cado rovinosamente a terra.

«Alicia!»

Mi ritrovo subito accanto Oliver che mi aiuta a sollevarmi prendendomi tra le braccia. Non so dove fosse e come abbia fatto ad accorrere così velocemente in mio soccorso, prima ancora di Owen che stava recitando nella mia stessa scena e di chiunque altro. Ho difficoltà ad alzarmi e a stare in piedi e mi aggrappo a lui, anche se non vorrei.

In seguito corrono da me anche gli altri, vivamente preoccupati per le conseguenze della mia caduta a un giorno dallo spettacolo. Incidenti che possono capitare nel nostro lavoro, ma per me è la prima volta. E la colpa è stata solo mia, della mia distrazione. Non mi sono comportata da professionista, avrei dovuto tenere separati il lavoro e la vita privata. Questo anche prima della mia caduta.

Invece ho davvero combinato un guaio, perché la mia caviglia ha cominciato a gonfiarsi in modo spropositato. Forse è la fine che mi merito. Una degna uscita di scena.

Adesso mi dà quasi fastidio che lui mi stia così vicino e che mantenga lo sguardo fisso su di me con quell'espressione preoccupata. E poteva anche evitare di accompagnarmi in ospedale, con tutto quello che c'è da fare e da preparare. Mi ha caricata sulla sua macchina dicendo che ci avrebbe pensato lui a me e respingendo tutti gli altri. Il solito borioso arrogante!

«Ti stai assicurando di riuscire a liberarti di me, Oliver? Per questo ti sei subito prestato per accompagnarmi?»

«Alicia... non essere sciocca.»

Incrocia le braccia e si siede accanto a me dopo aver preteso che un dottore mi visitasse immediatamente. Siamo alla reception dell'ospedale, aspettando con ansia che qualcuno si occupi di me e mi preannunci il mio destino dei prossimi giorni, anzi no, delle prossime ore. Perché a me la caviglia serve subito.

«Riuscirò a portare a termine il mio compito. Mi imbottirò di antidolorifici, mi farò fare un'iniezione... Tutto quello che serve.» Che se ne vada, insomma! Non lo voglio qui. Non voglio più nulla da lui, tanto meno la sua compassione. Mi ha insultata, mi ha tradita, mi ha usata! Cosa diavolo vuole ancora da me? Mi ha tolto tutto, anche la dignità. «Vai via, Oliver. Non ti voglio qui. Ti devi preparare, lo spettacolo è domani e tu sei il protagonista. Non credo ci sia bisogno di ricordartelo, vero?»

«Sono già abbastanza pronto. Sono pronto da anni per quella parte. Qualche ora di prove in più non cambierà la mia preparazione.»

Sospira e posa la mano sui miei capelli, accarezzandoli piano. Cerca di guardarmi negli occhi ma io li mantengo fissi sulla mia caviglia. È gonfia e al momento faccio fatica ad appoggiarla a terra. Ma non mi fa così male. Mi fa più male lui, la sua presenza qui. Perché sembra quasi che si preoccupi per me e io so che non è vero.

«Ti è sfuggita la prima parte di quello che ti ho detto comunque…» Ora lo guardo io dritto in faccia. E questa volta non ammetterò repliche. «Io non ti voglio qui!»

«E io non me ne vado! Prova a cacciarmi a calci se ne sei capace!»

Perché è così maledettamente testardo e prepotente? E perché si deve sempre fare a modo suo? Ora lui pretende di starsene qui da bravo a tenermi la manina? Quando, dopo aver trascorso una notte con me, mi ha ignorata per un giorno intero. No, non funziona così.

«Vattene, Oliver. Anche se non posso cacciarti a calci al momento, non so che farmene di te.» Mi fa male parlargli così. Ma deve capire che io non sono un suo giocattolo che può montare, smontare e distruggere a suo piacimento. «Ci lega soltanto lo spettacolo di domani sera. Nient'altro. Poi finalmente sarà tutto finito, una volta per tutte!»

«Non me ne frega niente dello spettacolo, Alicia. Mi importa di te, solo di te.»

Sospira sdegnato e si passa le mani tra i capelli. Perché ora sembra così sincero? Perché vuole indurmi a cedere ancora una volta? Per essere sicuro di distruggermi, di annientarmi del tutto?

«A me invece dello spettacolo interessa.» Prendo un respiro profondo prima di proseguire. Sollevo la testa e cerco il suo sguardo, per riuscire a fissarlo dritto negli occhi. Cerco di rendere il mio tono di voce incisivo, tagliente. «È di te che ormai non me ne frega più niente.»

Aspetto una sua replica che però non arriva. Vorrei essere stata abbastanza convincente. La sua espressione afflitta sembra confermarlo. So già come reagirà al mio rifiuto. Conosco anche questo copione, fin troppo bene. Si rinchiuderà in un bar a bere per il resto della giornata, incontrerà una donna e finirà nel suo letto a consolarsi. Domani tornerà il solito stronzo di sempre.

«Alicia... eccoti qui!»

Riconosco la voce ma non ci posso credere. Invece è vero. Vorrei alzarmi per andarle incontro e abbracciarla ma mi rendo conto che è meglio non sforzarmi.

«Fran!»

Allungo le braccia verso di lei. Finalmente un'amica. Una che non mi tradisce e non mi tiene nascosti particolari importanti della mia vita.

Si china al mio fianco per abbracciarmi. Poi sospira, mi guarda e scuote leggermente la testa.

«Ma cosa mi combini? Non ti posso proprio lasciare sola...»

Oliver osserva la scena in silenzio. Proprio non si decide ad andarsene. Finalmente mi chiamano per controllare la mia caviglia. Per fortuna c'è Fran con me.

«Ora puoi davvero andare Oliver. E puoi dire agli altri che sto bene e che non è niente di grave. Sono sicura che ora mi aggiusteranno, almeno per il tempo necessario.»

Non so davvero più come mandarlo via, come liberarmi di lui. Mi aspetto un tono irritato e spazientito da lui, invece non è così. Per una volta riesce a sorprendermi.

«Va bene, me ne vado… Ma chiamami se hai bisogno di me, in qualsiasi momento.»

Mi accarezza fugacemente il viso e prima che io possa ritrarmi deposita un bacio delicato sulla mia fronte. Poi si alza.

Non accadrà! Vorrei rispondergli, per ferirlo. Non ti chiamerei neanche se fossi in punto di morte e tu fossi l'unico al mondo a potermi salvare. Invece resto in silenzio e lo guardo allontanarsi, fino al punto in cui svolta l'angolo e sparisce dalla mia visuale.

«Molto bello e molto dolce.» Commenta Fran che, proprio come me, segue con lo sguardo Oliver finché scompare dalla nostra traiettoria. «Perché l'hai trattato così male? Si vede che è pazzo di te!»

«Sul bello posso concordare, ma non è dolce. Non lo è affatto, fa solo finta. È uno stronzo.» Che io però non riesco a smettere di amare! «E ora sta aspettando solo che io ceda, che io mi arrenda ancora una volta… per recuperare energia e tornare ancora più stronzo di prima.»

CAPITOLO 14

Oliver

Lei mi ha mandato via. Mi ha mandato via e voleva davvero che me ne andassi questa volta. Di solito le sue parole tradivano sempre un po' d'amore, di tenerezza, di passione. Invece ora... ora sembra davvero che ogni sentimento nei miei confronti si sia esaurito in lei. Che non provi più nulla per me, nemmeno rimpianto.

Non me ne vado, non ci riesco. Anche se è arrivata la sua amica. Non vado via almeno finché non saprò come sta. No, non è solo per la sua caviglia slogata. Voglio stare vicino a lei. Voglio lei.

Me ne sto a distanza a osservarla. Aspetto che esca dopo la visita. La vedo zoppicare e tornare a sedersi. Poi la sua amica si allontana. E io ne approfitto e mi precipito da lei, mi risiedo al suo fianco.

«Allora... cosa ti hanno detto?»

«Che sono in punto di morte e non c'è cura! Quindi addio.» Mi lancia un'occhiata assassina, poi si massaggia la fronte e sbuffa. «Sei sordo, Oliver? Non comprendi il significato della parola "andartene"? Vuoi che usi un termine più volgare in modo che tu possa capire?»

«Dov'è andata la tua amica?»

Cambio opportunamente discorso. Non mi farò mandare via, non senza lottare.

«A chiamare un taxi… e a prendere le stampelle per me non so dove…» mi risponde svogliatamente, senza guardarmi.

«Ma vi posso accompagnare io!» Mi alzo e la guardo. Sto fremendo, devo controllarmi. Poi mi chino per prenderla in braccio. «E non hai bisogno delle stampelle, ci sono io…»

«Oliver! Non ci pensare nemmeno, non osare toccarmi!»

Alza a tal punto la voce che le poche persone che abbiamo intorno si voltano a guardarci. E guardano me come se fossi un povero idiota. Mi sento davvero un povero idiota ora. Torno a sedermi accanto a lei, in silenzio. Mi mordo le labbra per trattenermi.

«Che cosa vuoi ancora da me, Oliver?» riprende lei la conversazione.

La sua voce è pacata, conciliante, quasi carezzevole. Ora non evita più il mio sguardo. Mi fissa attenta, aggrottando lievemente la fronte. Sembra tranquilla, disponibile nei miei confronti. Ma si tratta più che altro della tipica condiscendenza che si usa con un imbecille. O forse non lo è, ma io mi sento proprio così con lei.

«Ho sentito quello che ti ha detto Magda ieri sera nel suo ufficio.» Inutile tergiversare. Decido di dirle tutto, è il momento. Soprattutto il momento di ammettere che la colpa è stata mia, tutta mia. «Non volevo origliare, ero tornato per parlare con Magda ed ero proprio dietro alla porta quando…»

«Ah, quindi sulla base di quello che hai sentito dietro a una porta hai stabilito che non sono una puttana e un'approfittatrice.» Continua a guardarmi negli occhi. Ma il suo sguardo su di me cambia di nuovo. Non è mai stato così gelido, quasi crudele. «Perché ovviamente non ti potevi fidare di me. Non potevi credere a una donna che ti amava più di qualsiasi altra cosa al mondo, a una donna che ti ha amato dal primo istante, che non ti avrebbe mai tradito.»

Se mi avesse preso a calci e a pugni, se mi avesse insultato con i termini peggiori non mi avrebbe fatto così male. Probabilmente nemmeno una coltellata mi avrebbe fatto così male. Resto in silenzio perché comprendo che lei non ha bisogno di altre parole da parte mia. Mi ritrovo il viso bagnato e non so nemmeno io perché. Poi capisco. Non ricordavo nemmeno più cosa significasse piangere. Mi mordo forte le labbra e guardo lei, la mia Alicia, che però continua a fissarmi gelida e non versa neanche una lacrima. Vorrei il suo amore adesso. Il suo sorriso, i suoi baci. Ma mi rendo conto che non avrò più nulla da lei.

Cosa potrei dirle? Che c'erano troppe prove contro di lei? Che avevo visto quelle lettere che Grant Stewart scriveva sempre alla sua Ali... che io, come un coglione, non ho certo pensato che il nome di sua madre era Alison... Che sono finito nel letto di Pauline senza nemmeno rendermene conto, probabilmente ero ubriaco.

Ma questa non sarebbe comunque una novità. Anzi, sono certo che lei mi riderebbe in faccia. Mi sento ferito, distrutto. Ma me lo merito perché io ho ferito e distrutto lei. Non le ho creduto. Come posso pretendere che ora lei creda a me e mi perdoni?

Resto seduto al suo fianco. Entrambi fissiamo il vuoto di fronte a noi, evitiamo di parlare, di guardarci. Le accarezzo piano il dorso della mano e lei per un attimo, forse istintivamente, la gira e mi stringe le dita prima di ritrarre la mano e allontanarla dalla mia.

La sua amica torna con le stampelle. Si accorge della tensione tra noi e comunica semplicemente ad Alicia che il taxi le sta aspettando fuori. Le aiuto a raggiungerlo in silenzio. Alicia non rifiuta il mio sostegno ma non mi parla, non mi rivolge nemmeno uno sguardo. Quando il suo taxi si allontana mi avvio verso la mia macchina.

Ora l'ho persa davvero. L'ho persa come non l'avevo persa nemmeno otto anni fa. Ma ci sono particolari che ancora non mi sono chiari e io devo andare a fondo in questa storia, una volta per tutte.

Pauline. Ci sono andato a letto per rabbia e lei è rimasta incinta, questo è fuori discussione. Non ero del tutto lucido, ero troppo infuriato, troppo ferito. Però Pauline... Lei mi aveva giurato di aver assistito a una scena, un bacio tra Alicia e Grant e... certamente se il suo scopo era quello di separarmi da Alicia deve aver mentito. Ma Owen...

Guido cercando di mantenere la calma, la lucidità mentale. Un incidente d'auto è l'ultima cosa di cui ho bisogno in questo momento. Parcheggio proprio di fronte al teatro, sul retro.

«Owen!»

Entro e cerco mio fratello, lo chiamo oltrepassando indifferente gli altri membri della compagnia e i loro tentativi di fermarmi, di parlarmi. Lo trovo in uno dei camerini riservati agli uomini, con un cenno intimo a un paio di colleghi di lasciarci soli e sbatto la porta per chiuderla dietro di me.

«Pauline aveva detto che...» Ricordo che ero fuori di me in quel momento. Cerco di calmarmi e di sforzarmi per rammentare esattamente ciò che mi aveva raccontato Pauline. «Aveva detto di aver sorpreso Alicia insieme a Grant Stewart. Ora so per certo che ha mentito. Quello che non so è perché tu hai confermato la sua versione!»

Mi osserva confuso, come se non intendesse afferrare il senso delle mie parole e rifiutasse il mio ritorno a un passato che non gli appartiene più. Poi, anche se restio, inizia a parlare.

«Pauline aveva trovato quelle lettere nell'ufficio di Magda, mentre cercava altro. Aveva difficoltà economiche e cercava qualcosa, dei soldi oppure oggetti di valore... Sai che quando si è unita alla compagnia era in condizioni quasi disperate.»

«Invece ha trovato alcune lettere che Grant Stewart aveva scritto alla madre di Alicia. Alla sua Ali. Owen, tu lo sai come si chiamava la madre di Alicia?» Alzo gradualmente il tono di voce. Probabilmente sto urlando senza nemmeno rendermene conto. Cerco di recuperare il controllo di me stesso. «Lo sai, Owen?»

«Alison. Alison Wright.»

Mio fratello mi risponde invece pacato, con calma. Come se fosse la cosa più naturale del mondo.

«E tu... tu non hai pensato di ricordarmelo, vero? Tu... hai confermato la versione di Pauline e...»

Sto fremendo di rabbia e continuo a camminare avanti e indietro nello stanzino minuscolo. Che io sia un coglione è fuori dubbio. Ma perché Owen non mi ha fatto ragionare? Perché ha lasciato che io insultassi Alicia, che la tradissi?

«Per quale motivo avrei dovuto? A cosa sarebbe servito? Ti sei rotolato nel letto di Pauline prima ancora di contare fino a dieci! Non aspettavi altro.»

Questo è vero. E non so nemmeno io come... Sì, ovviamente lo so come! Avevo bevuto. E lei continuava a girarmi intorno, a darmi ancora da bere dicendomi che mi sarei sentito meglio, che avrei dimenticato. E in effetti ho dimenticato. Ho dimenticato fin troppo!

Owen osserva ora i miei movimenti con un'espressione quasi di scherno.

«L'hai persa, vero? Hai perso Alicia... E sai cosa ti dico, fratello? Sono contento che tu l'abbia persa, perché tu non l'hai mai meritata, mai! Io, io la meritavo. Io la merito ancora adesso! Tu cosa hai fatto per lei? Le hai causato solo dolore e lacrime... Per quello ho confermato la versione di Pauline. Tanto tu eri già propenso ad accusare Alicia senza nemmeno concederle il beneficio del dubbio. Quindi io ho pensato che sarebbe arrivato il mio turno, la mia possibilità...»

Mi fermo, resto immobile e lo fisso impietrito. Non riesco nemmeno a esprimermi, a dar voce ai miei pensieri. Owen... mio fratello?

«Sì, hai capito bene. Io amavo Alicia. Ma lei aveva scelto te. Nonostante il tuo pessimo carattere, nonostante la tua arroganza, la tua presunzione di essere sempre il primo in tutto. Nonostante non te ne facessi scappare una e cambiassi donna ogni notte o quasi, prima di stare con lei. Ma Alicia voleva te...»

Mi sento debole e stanco. Come se tutte le energie mi avessero abbandonato contemporaneamente. Non mi rimane neanche più la forza di incazzarmi, ormai. Neanche la forza di riempirlo di botte.

«Io so chi sono. E so chi ero. Hai ragione Owen, quello che hai appena detto su di me è tutto vero. Io ho un carattere di merda, io sono arrogante, sono presuntuoso e tanto altro e tanto peggio. E non me ne facevo scappare una, anche dopo l'arrivo di Alicia qui a Londra, quando io e lei eravamo solo amici. Ma poi... poi non c'è stata mai, mai un'altra nel periodo in cui sono stato insieme a lei. L'amavo e le sono stato fedele. Non l'ho mai tradita. Ecco, vedi fratello. Io so chi sono. Ma tu... tu, piccolo manipolatore bastardo, tu lo sai chi sei?»

Alicia

Oliver... perché non hai avuto fiducia in me? Perché hai dovuto farmi così male? Male a entrambi...

Mi sono fatta accompagnare al mio albergo. Ma nel pomeriggio riprenderò le prove. Non mi fermerà una distorsione alla caviglia. Fasciatura compressiva, antidolorifici, qualche ora di riposo stesa a letto e nel caso chiederò che mi facciano un'iniezione prima dello spettacolo. Sarò in forma per domani sera, devo esserlo.

Sento bussare alla porta della mia stanza. Fran mi sorride e va ad aprire. Lascia entrare Magda e Grant. Chissà perché ma non ho pensato neanche per un attimo che fosse ancora Oliver. Non voglio nemmeno pensare a dove sarà ora. Non voglio pensare a lui.

«Sto bene...» Mi sento in imbarazzo di fronte ai loro sguardi preoccupati, decido di indirizzare la conversazione sulla mia caviglia infortunata. «Ora ho solo bisogno di un po' di riposo, nel primo pomeriggio sarò pronta per tornare alle nostre prove.»

A nessuno dei due sembra interessare. Né delle prove né dello spettacolo. Fran con un cenno mi indica la sua intenzione di uscire per lasciarci soli.

«Davvero ho pensato che tu potessi essere mia figlia, Alicia...»

Grant Stewart inizia a parlare. E io non sono nemmeno sicura di voler conoscere ulteriori dettagli di questa storia.

«Non mi importa più niente, ormai. Non mi importa del passato, di voi due, di mia madre, delle vostre bugie e macchinazioni. È il presente, il mio presente che avete mandato all'aria. La mia vita. A me non interessava fare carriera. Non così.»

«Lasciaci spiegare, Alicia.» Magda si siede sul bordo del mio letto. Non ricordo di averla mai vista così triste, così sofferente. «Lo so che nulla potrà cambiare quello che hai sofferto, quello che hai perso. Ma lascia che i nostri errori passati ti aiutino a comprendere e magari a decidere di perdonare.»

Annuisco e passo lo sguardo da Magda a Grant. E va bene... voglio solo arrivare alla fine di tutto questo e tornare a casa, a New York, dove potrò riprendere la mia vita.

«Ho amato tua madre fin dal primo momento.» Grant Stewart riprende la sua storia personale con mia madre. Mi sento a disagio nel sentirlo raccontare di lei in questo modo. Ma è come se mi parlasse di una sconosciuta, di una donna con cui io non ho mai avuto né sintonia né vicinanza. Ero troppo piccola quando se n'è andata. «Lei era agli inizi della carriera nel teatro, io ero già affermato. Ma ci siamo innamorati, nonostante io all'epoca fossi già sposato con un'attrice cinematografica. Ero intenzionato a lasciarla per iniziare una vita insieme a lei, la mia Alison. Anche se tutto era molto complicato. Poi un'estate... Alison ha conosciuto un giovane studente americano. Entro l'autunno lo aveva sposato ed era volata via con lui, in America. Abbandonando me, la compagnia, il teatro... tutto quanto.»

Le labbra di Grant Stewart assumono una piega dolorosa. Sembra invecchiato improvvisamente, tutto in una volta. Non intervengo, lascio che siano lui o Magda a proseguire.

«Ho pensato che fosse colpa mia. Le avevo promesso di divorziare appena possibile. Ma mia moglie, la mia prima moglie... aveva le possibilità economiche necessarie per sostenere la nostra compagnia teatrale. Io ne avevo bisogno. Non volevo accettare la realtà che Alison non mi amasse quanto io amavo lei. Qualche anno dopo è tornata. Forse si era pentita della sua scelta, forse aveva dei rimpianti. So per certo che le mancava il teatro, il palcoscenico. E io facevo parte di quel mondo a cui lei aveva rinunciato.»

Quindi mia madre è tornata a Londra e ha avuto di nuovo una relazione con Grant. Quando? Dopo anni trascorsi in America, quando erano già nati i miei fratelli?

«E quindi io...»

«Sì, Alicia. Ho pensato che tu potessi essere mia figlia.»

Si interrompe. Potrei davvero essere sua figlia? Mi gira la testa. Mi sento male. Perché non me l'hanno detto prima? Io avevo il diritto di saperlo!

«Non sei mia figlia, Alicia. Ho avuto tre mogli e nessun figlio da loro. Perché io non posso avere figli. Quando sei arrivata tu mi sono illuso... L'età sembrava quella giusta, io ho voluto crederci. Ma ho fatto analizzare da un amico un tuo campione di DNA e no, non sei... Però eri comunque la figlia della donna che avevo amato e per me è come se lo fossi.»

«Tutto questo senza dirmi niente? Tutte queste macchinazioni, questi inganni...» Sono stata io la vittima del loro egoismo. Di mia madre, di Grant Stewart... e anche di Magda che probabilmente sapeva tutto ma non mi ha detto niente. Hanno lasciato che il mio cuore andasse in frantumi senza intervenire, senza avere pietà di me. «Andate via...» Non ne posso più. Piango. Piango perché non so più che altro fare oltre a piangere e prendere a pugni il letto su cui sono seduta. «Andate via, andate via!»

Grant Stewart non prosegue oltre e mi ubbidisce, esce chiudendo la porta dietro di sé. Magda invece rimane immobile, seduta sul bordo del letto.

«Anche tu, Magda...»

Anche lei mi ha ingannata, mi ha nascosto la verità.

«Io non volevo rovinare il ricordo di tua madre, era la mia migliore amica.» Non mi ascolta, inizia la sua parte della storia. Ma a me non interessa più ascoltare, la subisco passivamente. «Mi aveva supplicata di tacere, di tenere nascosta la sua breve avventura con Grant durante il suo ritorno a Londra. Lei non lo amava davvero. Amava il teatro, la musica, il palcoscenico. E amava tuo padre. Sapeva di non poter avere entrambe le cose contemporaneamente. Tuo padre era un professore di matematica... Ma lei lo aveva scelto, nonostante tutto. Come tu hai scelto Oliver, nonostante tutto. Come io...»

Magda si interrompe. Solo in questo momento richiama la mia attenzione. Come lei... Chi ha scelto lei? Cosa ha scelto? Di dedicare la sua intera esistenza al teatro? Alla musica? Alla compagnia? A insegnare recitazione e canto a giovani scapestrati com'era Oliver Sutton tanti anni fa?

«Come io ho scelto Grant Stewart, tanti anni fa. Anche se lui ha amato tua madre più di tutte le altre. Anche se lui si è sposato tre volte, ha avuto innumerevoli amanti senza mai considerare me come moglie o compagna. Io ero la sua fedele amica, la sua alleata, la sua confidente... Io sono stata l'unica presenza costante nella sua vita, attraverso tutte le sue devastazioni e le sue sconfitte private e professionali. Io ci sono stata sempre per lui. Nelle gioie e nei dolori. Alison si è innamorata di un altro e lo ha lasciato, per due volte. È tornata solo per capire che il suo unico vero amore erano suo marito e i suoi figli. Così anche lei ha lasciato Grant, di nuovo. Le altre donne... e ne ha avute davvero tante... dove sono ora?»

Quindi è questa la vera storia della grande Magda Dwain? L'aver amato per tutta la vita un uomo che non l'ha mai ricambiata.

«Magda... tu non avresti dovuto...»

«Il mio incidente, quello che mi ha rovinato la carriera... è avvenuto per uno scontro con un'altra auto. Su quell'auto viaggiava una delle amanti di Grant, una che lui aveva lasciato. Ci ha visti insieme un giorno, guidavo io. Quando ci è piombata addosso sono riuscita a sterzare. Quella donna è morta sul colpo, Grant ne è uscito incolume, io mi sono salvata ma non la mia gamba. Comunque è stato fatto passare come un comune tragico incidente.»

Grant Stewart ha rovinato non solo la vita, ma anche la carriera di Magda. Eppure lei non l'ha mai abbandonato, non lo ha mai lasciato andare.

«Cosa ci fai ancora al suo fianco, Magda? Quell'uomo è un mostro...»

«No, non è un mostro, Alicia. Grant non mi ha mai puntato la pistola alla tempia per obbligarmi ad amarlo. Non è stato lui a sterzare in modo che io venissi colpita nello schianto e lui si salvasse. Sono stata io. È stata una mia scelta istintiva e probabilmente se ne avessi la possibilità lo rifarei.»

Magda mi sorride con dolcezza. Io non avrei mai creduto possibile che una donna all'apparenza forte e intransigente come lei potesse amare così.

«Per tutti questi anni ti sei fatta solo del male con quell'uomo, Magda. E questo non è giusto. Tu avresti meritato di meglio.»

Mi sembra una follia, la sua. Non capisco come lei possa ancora tollerare la sua presenza intorno.

«Grant è stata tutta la mia vita, Alicia. Io sono diventata la sua. Un po' tardi, questo è vero, ma lo sono diventata.» Magda allunga la mano verso di me per sfiorarmi il viso. «Non ti ho raccontato questa storia per farmi compatire, mia cara. Ma per aiutarti attraverso la mia esperienza, quella di tua madre, anche quella di Grant Stewart. Ci sono due uomini là fuori e ti amano entrambi, anche se in modo completamente diverso. Io, non potendo più realizzare il mio sogno, la mia carriera di attrice, sono diventata un'attenta osservatrice. Li ho visti crescere in questi anni, li ho apprezzati entrambi nella loro evoluzione, nella formazione del loro carattere dolce e impetuoso. Considero quei due ragazzi, Oliver e Owen, quasi come figli miei. Spetta a te però la scelta. Accettare l'amore di uno dei due, restare qui, tornare a New York o andare ovunque tu voglia. È la tua vita. Ma ricorda una cosa, Alicia. Gli esseri umani commettono errori. Nessuno in questa storia, come nella vita, è completamente colpevole o completamente innocente.»

CAPITOLO 15

Oliver

«Mi dispiace.»

Sono le uniche due parole che ricevo da mio fratello ora.

Mi stringo nelle spalle. Come mi ha appena ricordato lui ormai l'ho persa. Ormai è troppo tardi. A cosa mi servirebbe prenderlo a pugni ora? Non riesco ancora a elaborare ciò che mi ha appena raccontato. Lui amava Alicia. Lui la ama ancora. E io non sapevo niente. In tutti questi anni non lo avevo nemmeno sospettato.

Mi sento ingannato, da tutto, da tutti. Oltre a sentirmi da schifo per quello che io, io soltanto, ho fatto passare alla mia Alicia. Io l'ho tradita. Io ho messo incinta un'altra donna. Nonostante il complotto di Pauline e Owen, i segreti di Grant e Magda, sono stato io a farla soffrire. Non loro.

«Non ti perdonerò mai, Owen.» Voglio andarmene da qui. Non ho più nulla a che fare con questa vita, con questo mondo. «Ma consolati, non perdonerò mai nemmeno me stesso.»

Porterò a termine il mio lavoro. Non lascerò gli altri nei guai. Non permetterò che la mia vita privata comprometta la carriera di tante persone. Offrirò al pubblico e ai miei colleghi un'interpretazione eccellente, poi... poi mi ritirerò.

Ci ritroviamo per riprendere le prove. Sembriamo tutti degli automi, delle macchine senza emozioni. Alicia sorride e sembra stare meglio. Ma io so che è solo una maschera la sua, proprio come la mia. Seguo i suoi desideri, la sua volontà. Cerco di assicurarmi che non si sforzi, che non appoggi troppo il peso sulla caviglia. La amo senza impormi, senza manifestare apertamente i miei sentimenti che lei forse non corrisponde più. La amo in silenzio. E io in silenzio non ci sono mai stato, nemmeno per le questioni meno importanti.

Torno a casa e trovo ad aspettarmi mia madre e Michael. Sapevo che sarebbero arrivati. Cerco di non avere un atteggiamento troppo rigido e funereo, almeno con mio figlio. Sua madre mi ha ingannato, mi ha usato, probabilmente voleva solo trovare un fesso qualunque che la mantenesse. Ma lui è la cosa migliore che potesse capitarmi nella vita, insieme ad Alicia. Ho perso Alicia, non perderò anche lui. Ordino una pizza farcita gigante, patatine, dolci e tutto ciò che potrebbe piacergli. Gioco con lui permettendogli di stare alzato fin oltre mezzanotte.

«L'hai proprio viziato, questa sera.»

Dopo averlo messo a letto torno in salotto, da mia madre.

«Vedo che qualunque cosa io faccia non perdi occasione per rimproverarmi.»

Sono astioso, irritabile e incazzato col mondo. Anche con lei che non ha mai perso occasione per darmi addosso venerando sempre il mio santo fratello Owen.

«No, Oliver. Hai fatto bene. Da tanto non vedevo Michael così felice.» Sospira seduta sul divano e incrocia le braccia. «Anche io lo vizio ogni tanto. Anche Owen quando viene a trovarci. Ma con noi non è mai così felice.»

«Tutte cazzate. Hai parlato con Owen, immagino. Questa sviolinata per cosa? Per costringermi a perdonare il tuo figliolo prediletto?»

Non dimentico che Michael sta dormendo nella stanza accanto. Tengo il volume basso. E comunque non sono in vena di urlare addosso a mia madre la mia rabbia. Però non dimentico nemmeno di essere sempre stato considerato da lei il disgraziato di famiglia. A volte vorrei che mio padre fosse ancora vivo. Forse avrei avuto il suo appoggio, almeno.

«Sì, ho parlato con Owen. E hai ragione, vorrei che tu lo perdonassi. E che perdonassi anche me. Perché Pauline...» Si blocca, sembra cercare il modo per dirmi qualcosa. «Pauline non ti amava davvero, Oliver.

Voleva solo sistemarsi con qualcuno e tu eri la persona giusta, secondo lei.»

«Non mi dici nulla di nuovo. La persona giusta? No, direi piuttosto uno abbastanza cretino da cascarci. Anche se poco mi conosceva bene, questo bisogna ammetterlo.»

Sollevo le spalle. Ho bisogno di bere qualcosa, qualcosa di forte. Torno con in mano una bottiglia di whisky e mi riempio mezzo bicchiere.

«Anche per me, per favore...» sospira mia madre.

L'accontento e mi viene quasi da ridere. Non beve mai, non ho idea di come potrà essere da ubriaca.

«Non ero contenta che tu frequentassi Alicia Chamberlain.» Sorseggia piano il suo whisky e fa una smorfia disgustata. «Temevo che se ne andasse via prima o poi, come sua madre. Che ti facesse soffrire...»

«E invece sono stato io a far soffrire lei.»

Butto giù tutto il contenuto del mio bicchiere in un'unica sorsata e ne verso ancora.

«Già. E io che non volevo che tu soffrissi per lei ho lasciato che Pauline e Owen ti manipolassero. E quando... quando ho saputo che Pauline era incinta...» Appoggia il bicchiere sul tavolino. Suppongo che la grande avventura di mia madre nel mondo dell'alcolismo termini qui. «Pauline era una drogata, Oliver. Io... non volevo che facesse del male al tuo bambino. Mi sono presa cura di lei mentre era incinta, avevo paura che ci ricascasse, che...»

«Lo so, mamma! Sono tutte cose che già so. Non hai motivo di agitarti, ti ringrazio per aver salvato mio figlio da Pauline, però ora è inutile rivangare il passato. Questo passato, soprattutto.» Sono stanco. Voglio solo interrompere questa conversazione e andare a dormire. Domani sarà una giornata lunga, difficile e importante. «Buonanotte, mamma. Io ho bisogno di dormire o almeno di provarci.»

«Io l'ho lasciata andare. Non mi sono più occupata di Pauline, dopo la nascita di Michael.»

Le parole di mia madre mi fermano sulla porta.

«Nemmeno io.» Mi volto ancora verso di lei e mi stringo nelle spalle. «Ma tanto sarebbe finita male lo stesso.»

«Non aveva controllo, quella ragazza. Neanche per amore di suo figlio. E io alla fine l'ho lasciata andare, non mi sono più interessata a lei, ho lasciato che riprendesse con la vita che faceva prima, con la droga... Michael occupava tutte le mie energie, non avevo tempo di occuparmi anche di lei.»

«Non sentirti in colpa, hai fatto quello che hai potuto. In confronto io non ho fatto nulla e sopravvivo comunque!»

Il mio sarcasmo non sembra servire. Mia madre mantiene l'espressione tragica e indecifrabile che ha assunto da quando abbiamo iniziato questa disgraziatissima conversazione. Mi auguro che sia giunta al termine e che mi lasci andare a dormire ora.

«Pauline non era affatto il tuo tipo. Come ci sei finito, Oliver?»

«Come sono finito con altre che non erano esattamente il mio tipo, mamma. La differenza qui è che...» Che nonostante credessi di essere stato tradito avrei dovuto almeno parlare e cercare di chiarirmi con Alicia prima di mettere incinta una che conoscevo appena.

«La differenza è che Pauline ti ha fatto bere... e tu a questo sei abbastanza abituato. Ma a essere drogato no, non eri abituato, Oliver. Pauline mi ha confessato...»

Crede davvero di risolvere le cose così? Crede che l'essere stato drogato mi giustifichi o mi faccia sentire meglio?

«Che importa ormai? Mi conosci. Conosci la mia reputazione. Cosa dovrei fare? Andare da Alicia e dirle: "Scusa cara, ero incapace di intendere e di volere quando ti ho tradita con la prima che mi è capitata. E nel frattempo non mi sono fidato di te e ti ho dato della troia." Mi riderebbe in faccia e farebbe bene! Io stesso mi riderei in faccia se fossi in lei. Sono quello che sono. E ho avuto quello che meritavo. Magari il tuo dolce Owen con le sue piccole manipolazioni e il suo passato immacolato avrà più fortuna di me. Buonanotte, mamma.»

Mi affaccio per un attimo alla porta della stanza di Michael e resto a guardarlo, tranquillamente addormentato. Non dovrà mai sapere la verità su sua madre. Anzi, dovrà saperla quando crescerà. Ma da me, non da qualcun altro. E cercherò di raccontargliela nel modo giusto.

Entro nella mia stanza. Ormai nulla mi sconvolge più. È incredibile come, dopo tante sofferenze, nulla più mi tocchi o mi turbi. Potrei aspettarmi qualsiasi cosa da chiunque a questo punto. Anche da lei. Da lei che non mi ama più, da lei che non ne vuole più sapere di me.

Apro il cassetto del comodino accanto al mio letto. Cerco sul fondo. Sotto carte, depliant di spettacoli vari, copioni scarabocchiati, pacchetti di sigarette a metà. La trovo. E mi brucia tra le mani. La apro e vedo quel misero anellino con quell'ancora più misero brillante con cui avrei voluto chiedere ad Alicia di sposarmi il Capodanno di otto anni fa.

Alicia

Questa stronza maledetta di caviglia mi fa un male del diavolo. Faccio finta di niente ma mi fa male. Ed è solo mattina. Io in qualche modo devo resistere e arrivare a stasera. Sorrido per non farlo capire agli altri. Spero che il mio sorriso non somigli troppo alla smorfia di un clown depresso.

Durante una pausa posso finalmente sedermi un po' tra il corridoio e i camerini.

«Alicia...»

Oliver mi si avvicina. Va tutto bene tra noi sul palcoscenico, non c'è che dire siamo davvero bravi come attori. Ora sembra quasi ci sia una netta separazione tra noi due come personaggi sulla scena e noi due come persone reali.

«Ehi...» sorrido appena, non so cosa dirgli. È da ieri che non so cosa dirgli.

La lunga conversazione con Magda mi ha fatto pensare. Io non sono come lei. Non voglio e non posso aspettare un uomo per tutta la vita. Nemmeno Oliver Sutton.

«Ti sta facendo male, vero?»

Indica con un'occhiata la mia caviglia, si inginocchia e mi solleva il piede per accarezzarla delicatamente. Percepisco una vampata di calore salirmi dal petto e raggiungermi il viso. Accidenti a lui! Devo impormi di resistere. Non solo alla caviglia dolorante, anche a lui.

«È insopportabile, ma ce la farò.»

Mi costa, ma sono costretta ad ammetterlo. Però cerco di riprendermi, non voglio dargli la soddisfazione di credermi ancora fragile e vulnerabile nei suoi confronti. Perché non lo sono. Non più. Sono attratta da lui fisicamente come potrei esserlo da qualsiasi altro bell'uomo. Spero di riuscire a convincere me stessa.

«Non importa lo spettacolo, Alicia. Io non voglio che tu ti faccia ancora più male.»

Solleva il viso su di me e mi guarda con quei suoi occhi azzurri, intensi e dolcissimi in questo momento. Devo stringere forte il pugno per non cedere alla tentazione di accarezzargli il viso e i capelli. Sai come prendermi, maledetto. Fin troppo bene!

«Nel pomeriggio mi farò fare un'altra iniezione per togliere il dolore. Poi ancora più tardi se sarà il caso.» Concentro l'attenzione esclusivamente sulla mia caviglia, come se fosse la cosa più interessante del mondo. «Ci sono ballerine classiche che hanno danzato per ore sulle punte in condizioni peggiori delle mie. Io devo solo volteggiare qua e là di tanto in tanto.»

Mi fissa concentrato, diventa quasi pensieroso.

«Stai cercando di ricordare se hai qualche ballerina classica nella tua collezione, Oliver?»

Sorrido e inclino il viso. Mi guarda con espressione corrucciata e offesa, poi scoppia a ridere.

«Una ballerina di can-can vale?» Torna immediatamente serio e prima che io possa dire qualsiasi cosa mi accarezza piano, trattenendo la mano sul mio viso. «Se ti facesse troppo male quando siamo in scena stasera, fammi un cenno... Appoggiati a me. Permettimi di aiutarti, Alicia. Io sono qui per te.»

E così si alza e se ne va, viene richiamato sul palcoscenico. Lasciando il mio cuore più in subbuglio e confuso che mai.

CAPITOLO 16

Oliver

Mio fratello mi gira intorno con l'aria da cane bastonato e anima in pena mischiate insieme. Non so quale delle due mi fa incazzare di più. Ti vuoi prendere la mia donna? La mia ex donna... Bene, fatti avanti! Ma non rompere più le palle a me!

«Vogliamo davvero andare avanti così per sempre, Oliver?»

Mi blocca davanti al mio camerino. Appoggia il braccio allo stipite della porta per non farmi passare.

«No.» Lo guardo serio. Devo trattenermi, non posso spaccargli la faccia. Gli serve per lo spettacolo. «Per sempre non è abbastanza.»

«Mi stupisce che tu non mi abbia ancora preso a pugni...» sospira passandosi le mani tra i capelli. Ma non si schioda dalla mia porta.

«Una volta tanto uso il cervello anch'io. Che cosa stai cercando da me, Owen? Che ti prenda a botte e a calci nel culo così potrai andare a lamentarti dalla mammina o a frignare da Alicia dimostrandole quanto sono brutto e cattivo?»

Mi volto, lo oltrepasso, apro la porta e mi ritrovo di fronte allo specchio del mio camerino. Vedo Owen riflesso che scuote la testa. La tentazione è quasi irresistibile, ma no. Non lo accontenterò.

«Quando ho detto che mi dispiace lo pensavo davvero, Oliver. Non avevo capito che Alicia per te fosse così importante. E mi dispiace, mi dispiace aver assecondato Pauline. Ma ero convinto che...»

«Volevi Alicia e hai sfruttato l'occasione per prendertela, ho capito.» Mi appoggio con le mani al ripiano davanti allo specchio e abbasso la testa. Non lo voglio più vedere, neanche riflesso. «Non girarci troppo intorno.»

«È vero. Ho creduto che fosse giusto così. Che tu non la meritassi mentre io sì. Ho creduto di essere più adatto a lei.»

Invece di andarsene si avvicina ancora di più a me. E mi appoggia una mano sulla spalla.

«Non mi toccare!» Mi volto di scatto e alzo un pugno su di lui. Allora vuole sfidare la sorte, ha proprio deciso di farsi spaccare la faccia, ho capito. Però invece di colpirlo respiro profondamente e abbasso il pugno. «Perché le racconti a me queste cose? Valle a dire a lei. Magari ti andrà bene questa volta. Tanto di me non ne vuole più sapere.»

«Sei istintivo, Oliver. E sei collerico, iroso, perennemente incazzato. Sei un pessimo elemento, lo sei sempre stato, fin da ragazzino. Il più delle volte sei uno stronzo con tutti. È stato difficile per me crescere con un esempio come il tuo davanti, perché...» Non capisco se abbia fatto la scorta di insulti da scaricarmi addosso tutti insieme. Comunque attendo che finisca e arrivi al punto. «Perché sei stato l'unico interesse dei nostri genitori, per anni. Io c'ero, ma...» Si stringe nelle spalle, sospira e abbassa gli occhi. «Non ero così importante. Cercavo di attirare l'attenzione, cercavo di essere buono al contrario di te o almeno di fingere di esserlo.»

«Non fare la lagna, Owen. Nostra madre ti adora! Con me è una rompipalle, praticamente da sempre. Mi critica di continuo. Non le va mai bene niente di quello che faccio, nemmeno di quello che dico!»

Come siamo finiti a parlare dei nostri genitori? E perché?

«Sai qual è il nostro abituale argomento di conversazione? Tra me e la mamma? Tu. Sempre e solo tu. Io sono tranquillo, io non causo problemi, io ci sono sempre. Quindi non vale nemmeno la pena sprecare una parola su di me, su ciò che voglio, su ciò che sto cercando di ottenere.» Solleva le spalle e mi guarda con espressione desolata. Mi sta dicendo insomma che io sono il problema. Come se non lo sapessi già! «Non sapevo più cosa fare a un certo punto. La stessa cosa con Alicia. Nemmeno mi vedeva come uomo. E io non capivo perché... perché c'eri sempre tu, ovvio! Ora finalmente ho capito.»

«Hai capito che sono un coglione che non ne fa mai una giusta, che fa preoccupare sua madre, che insulta e tradisce la persona che ama, che sarebbe anche capace di mandare tutto lo spettacolo a monte proprio in questo momento... Complimenti fratello, ci sei arrivato!»

«Ho capito che a modo tuo, anche sbagliando continuamente, anche facendo lo stronzo, tu sei onesto, sei autentico. Sei quello che sei. Io... ho tentato di essere buono, ho tentato di conquistare l'affetto dei nostri genitori, ho anche tentato di farmi amare da Alicia. Fingendo di essere dolce e tranquillo, manipolando un po', perché non potendo essere te ho cercato di essere il contrario di te. Ma, come puoi vedere, non mi è servito a nulla.»

Lo guardo e incrocio le braccia. Lo sto ascoltando quasi rapito, ora. Non avrei mai pensato di aver frainteso mio fratello fino a questo punto.

«Interessante interpretazione. Come si dice? Sei la mia nemesi. O forse io sono la tua? La nemesi è sempre il cattivo, vero? L'antieroe.»

«Tu non sei cattivo, Oliver. E io non sono buono. Se ne avrò l'occasione mi prenderò Alicia, puoi starne certo. Non rinuncerò a lei, nemmeno per te.» Non avevo mai visto mio fratello così deciso e determinato. Tanto che potrebbe anche avere successo. «Però... le dirò la verità. Alicia saprà che io ho contribuito ad allontanarti da lei. E che tu sei stato drogato da Pauline.»

Alicia

Devo mantenere la calma. Un ultimo piccolo sforzo e sarà tutto finito. Insomma, non tanto piccolo in realtà. Avrò bisogno di un po' di riposo dopo. Non tanto per la caviglia infortunata. Ma per me stessa, per capire finalmente chi sono e che cosa voglio. Farò una pausa prima di riprendere la mia vita e il mio lavoro.

La tensione e l'ansia del giorno dello spettacolo non mi dà pace. Perché si tratta dello spettacolo di Capodanno, soprattutto. Ma ci sono abituata, da anni ormai. Questa scarica di adrenalina mi dà la forza di continuare eliminando quasi totalmente il dolore. È un altro tipo di tensione che mi devasta. E che casualmente si presenta alla mia porta proprio in questo momento.

«Owen...»

«Ti devo parlare, Alicia. Subito.»

Non avevo mai visto Owen tanto cupo e preoccupato. Non mi aveva mai ricordato così tanto Oliver.

«Certo.»

Il mio camerino ha la porta aperta, lo invito a entrare. Manca davvero poco ormai allo spettacolo e vaghiamo tutti indaffarati tra camerini, corridoi e palcoscenico senza una meta ben precisa. Tutti tranne me, in realtà. Con la scusa della caviglia me ne sto rintanata qui in compagnia dei miei troppi pensieri.

Sospira e mi guarda, con espressione ancora più assorta. Gli faccio cenno di prendere una sedia addossata alla parete e avvicinarsi a me.

«Non so nemmeno da che parte iniziare, Alicia. E non so nemmeno come dirti quello che ti devo dire.»

«Magari dall'inizio...» sorrido e gli tendo la mano. «Non può essere tanto grave, Owen.»

«Potrei stupirti.»

Lo dice con un tono quasi aspro, che non sono mai stata abituata a sentire in lui. La verità è che non mi sono aspettata mai niente di negativo da parte di Owen. Quindi qualunque cosa debba dirmi so che non mi ferirà. Appunto perché lui è Owen. Non è Oliver.

Prende ancora tempo e socchiude gli occhi. I suoi occhi azzurri così simili a quelli del fratello ma più pacati, più tranquilli, come se non attraversassero mai la tempesta e la furia continua sempre pronta a scatenarsi in Oliver.

«Io ti ho fatto del male, Alicia.»

Le parole di Owen mi lasciano perplessa, non capisco. Ma resto in silenzio per permettergli di proseguire.

«Ho fatto del male a te e a Oliver.» Continuo a non capire e attendo. «Pauline aveva trovato alcune lettere che Grant Stewart aveva scritto a tua madre nell'ufficio di Magda. Le ha mostrate a Oliver dicendogli che erano per te e che tu avevi una relazione con Grant. Le lettere erano indirizzate "alla mia Ali", quindi Oliver ci ha creduto. Non ha pensato al nome di tua madre, non si è reso conto...»

Mi stringo nelle spalle, cosa importa ormai?

«Oliver non è mai stato un tipo particolarmente riflessivo... Ma tu non hai colpa di questo.»

«Io lo sapevo. Avrei potuto ricordarglielo, farlo ragionare, fare in modo che gli sorgesse il dubbio. Sapevo che tua madre aveva lavorato nella compagnia, insieme a Grant. Inoltre... Pauline ha raccontato a Oliver di aver sorpreso te e Grant insieme.»

Si morde le labbra e abbassa lo sguardo. Immagino che sia arrivato alla fine della storia. Ma non comprendo il suo turbamento, non è nulla di nuovo per me, nulla che già non sapessi e sospettassi. Pauline ha mentito a Oliver e lui ha creduto a lei. Non a me, non agli anni trascorsi insieme, non al mio amore per lui.

«Oliver ha creduto a lei e non a me, Owen. Il resto ormai si sa... Non voglio più parlarne.»

«Oliver ha creduto a lei, questo è vero.» Owen solleva il viso e chiude gli occhi. Poi li riapre e mi guarda con espressione quasi disperata. «Ma le ha creduto anche perché io ho confermato la sua versione. Io gli ho detto... che era vero quello che Pauline aveva visto. E Pauline... Insomma, sai com'è Oliver... però, per quanto infuriato non credo che ti avrebbe tradita così, con la prima arrivata. Lei lo ha fatto bere, poi lo ha drogato. E anche di questo io ero a conoscenza.»

Si alza e si volta di spalle. Come se non volesse controllare la mia reazione. Come se la temesse più di ogni altra cosa al mondo. Ha fatto credere a Oliver che io fossi l'amante di Grant Stewart. Pauline ha drogato Oliver e lui lo sapeva. Continuo a ripetermi le sue frasi, continuo a cercarne un senso. Senza trovarlo. Sono talmente stordita, incredula, da non avere neanche più la forza di arrabbiarmi né con lui né con nessun altro. Pauline voleva Oliver e se l'è preso. Con ogni mezzo.

«Perché Owen? Perché?»

«Perché Oliver ti amava. Ma ti amavo anch'io. Perché credevo di essere più giusto per te e volevo una possibilità che tu... tu non mi avresti mai concesso perché vedevi solo lui. Pur sapendo com'era, pur conoscendo i suoi difetti... tu vedevi solo lui.»

Torna a sedersi di fronte a me. Ora che mi ha confessato la sua parte in questa storia mi sembra completamente diverso dal ragazzo che ho conosciuto tanti anni fa. Non è più il mio piccolo Owen. Forse non lo è mai stato.

«Forse tu non mi hai mai dato la possibilità di vederti, Owen, di conoscerti davvero. Forse io avrei potuto...»

«Zio Owen!» Vengo interrotta da una voce infantile. Fermo sulla porta vedo un bambino di circa sette anni. Comprendo immediatamente di chi si tratta. «Zio Owen, hai visto papà? Non lo trovo!»

«Michael, tu non dovresti stare qui...» Owen si alza e gli va incontro, gli posa la mano sulla testa. «Dov'è la nonna?»

Il bambino, con la stessa espressione canzonatoria di Oliver, si stringe nelle spalle.

«Boh... la nonna è troppo una rompipalle oggi. Non vuole che io stia qui, invece papà ha detto che posso!»

Non vorrei, non dovrei, ma provo una fitta al cuore. Atroce, devastante. Quello è il figlio che Oliver ha avuto da Pauline. Il figlio della sua rabbia, dei suoi insulti, del suo tradimento nei miei confronti. Mi volto verso lo specchio e chiudo gli occhi. Ma non ci riesco. Quando li riapro l'immagine di quel bambino sulla porta si riflette ancora, continua a parlare con Owen. Non riesco nemmeno ad ascoltarlo. Mi alzo e mi ritiro in un angolo del camerino per tentare di non vederlo, di non guardarlo. Trovo un altro punto di appoggio e mi siedo lì, in attesa che Owen lo porti via con sé.

«Tu sei la mia dolce signora della storia?»

Il bambino oltrepassa Owen e senza farsi troppi problemi arriva direttamente di fronte a me. Resto in silenzio a guardarlo. Lui non sa, non può sapere quanto la sua presenza mi stia facendo soffrire ora. Annuisco appena e distolgo lo sguardo.

«Ti piacciono davvero i cioccolatini, come nella canzone?» Il bambino, senza imbarazzo alcuno, richiama nuovamente la mia attenzione. «Non è che ne avresti qualcuno qui?»

«Michael, andiamo!» Owen si avvicina e lo afferra per un braccio per trascinarlo via. «Lascia in pace Alicia, si deve preparare... Andiamo a cercare la nonna e vai a stare in platea con lei. Così potrai assistere allo spettacolo. Qui stai dando fastidio!»

«Ma io non voglio assistere allo spettacolo da lì. L'ho già visto altre volte da lì... è noioso stare fermo e non imparo un cavolo di niente. A me piace guardare da dietro le quinte, mi diverto di più. Non darò fastidio! E papà ha detto che posso stare con lui! Ma non lo trovo...»

«Avrà da fare...» Owen sospira spazientito. Il bambino è testardo e non accetta ragioni. «E anche io. Tutti qui abbiamo da fare, Michael. Non possiamo stare dietro a te.»

«Io no. Io devo tenere la caviglia a riposo, non mi posso muovere fino a quando iniziamo.» Non so come mi siano uscite queste parole. E nemmeno perché. Quel bambino è l'immagine vivente del mio dolore, della sofferenza che Oliver mi ha inflitto. Torno a sedermi sulla sedia di fronte allo specchio. «Michael... può stare qui con me se promette di fare il bravo. Finché non si trova Oliver.»

L'espressione vittoriosa di Michael mi strappa un sorriso. Si nasconde dietro di me e si aggrappa con le mani alla mia sedia.

«Sei una forza, mia dolce signora!»

Mi mordo le labbra. Vorrei piangere ma non posso, non ora. Owen comprende il mio stato d'animo, si avvicina e mi stringe la mano, restituendomi un po' di vitalità e di coraggio. Accenno un sorriso e annuisco. Posso farcela. Posso sopportare tutto.

«Hai proprio ragione Michael...» Mi riprendo, lascio la mano di Owen e mi volto decisa verso il bambino. I suoi occhi azzurri, così intensi, così vivaci, colpiscono direttamente il mio cuore come due frecce. «Sono davvero una forza. Forse perché mangio molti cioccolatini.»

CAPITOLO 17

Oliver

Michael, tra tutti i posti dove poteva nascondersi, è andato a rintanarsi proprio nel camerino di Alicia. Come se lei non mi odiasse già abbastanza!

Quando mi sono presentato sulla porta mi ha fulminato con lo sguardo. Entrambi mi hanno fulminato con lo sguardo, per la verità. Michael ha incominciato a infierire dicendo che non mantengo le promesse, che gli avevo dato la mia parola che poteva stare dietro le quinte con me, invece la nonna non voleva permetterglielo. Come se non fosse bastato è arrivata anche mia madre a strapazzarmi. A quel punto se avessi avuto una pistola a disposizione mi sarei sparato. Mi sono trascinato via quello stronzetto di mio figlio dicendo che ci avrei pensato io.

Certo lui non può sapere di aver distrutto definitivamente ogni mia più piccola possibilità di riconquistare Alicia. Lo so che non è colpa sua. Ma non doveva avvenire così, non in questo momento soprattutto.

Mio fratello se la prenderà, oppure un idiota qualunque se la prenderà e la porterà via da me una volta per tutte. La cosa certa ormai è che io dovrò rassegnarmi a non averla mai più. E sto male. E a me fa davvero schifo stare male così!

Magda ci riunisce per le ultime raccomandazioni di inizio spettacolo. Nemmeno l'ascolto. Ordinaria amministrazione per me, routine quotidiana. La mia unica, vera preoccupazione è Alicia. Mi occuperò di lei, almeno per tutto lo spettacolo se non posso farlo per tutta la vita. Cercherò di sostenerla come posso nelle scene comuni, che sono la maggior parte. Confido nella stessa premura anche da parte degli altri. Mi sono raccomandato tanto, spero che mi abbiano ascoltato. E spero di non dover spaccare il culo a qualcuno alla fine se dovesse succederle qualcosa!

La osservo. Mi accorgo che si sta impegnando ma non è in piena forma. Si è fatta fare un'altra iniezione per attenuare il dolore alla caviglia e la sua amica Fran la assiste costantemente. Io invece non posso nemmeno starle vicino come vorrei. Non posso toccarla, non posso stringerla tra le braccia, non posso baciarla. Devo comportarmi solo come un collega, come un partner sulla scena. Attento, cordiale, ma distaccato. Perché da come mi guarda temo che aspetti solo di mandarmi all'inferno una volta per tutte se esagero nei suoi confronti.

«Se avrai bisogno di me...»

Sembro un cretino. Anzi, lo sono. Balbetto pure ora. Tutta da ridere, un Henry Higgins che si agita e balbetta davanti a Eliza Doolittle.

«Me l'hai già detto Oliver, grazie.»

Gentile e distaccata. Non è mai stata così con me. Allora è davvero finita. In questo momento pagherei perché mi insultasse, mi prenderei volentieri anche qualche schiaffo. Ma non questa riconoscenza finta, non questi modi garbati ma troppo formali. Non sopporto questa distanza tra noi.

Ma lo spettacolo deve continuare. Ed è su questo che mi sforzo di concentrarmi. La prima parte va a meraviglia. Lei deve stare prevalentemente seduta. Mi sfida con lo sguardo, con quei suoi occhi scuri e seducenti. Mi devo sforzare per rimanere nel mio ruolo, per non mostrarmi eccessivamente attratto da lei.

Tremo mentre canta *Wouldn't It be Loverly?* E io non sono sul palco. La osservo sperando che vada tutto bene. Quando esce di scena tra gli applausi ci incontriamo per un breve istante.

«Bravissima, Alicia...» Le accarezzo le braccia e lei appoggia per un attimo le mani sul mio petto. «Sei stata perfetta.»

«Grazie, Oliver. Anche tu sei stato eccezionale!» annuisce e sorride. Quel sorriso dolce che mi fa tremare il cuore. «Vai, tocca di nuovo a te.»

Io le devo parlare alla fine dello spettacolo. Devo almeno tentare. Non posso perderla senza dirle quello che provo per lei. Non posso cederla a un altro senza lottare. Non posso arrendermi.

Arriviamo a *The Rain in Spain* e posso finalmente stringerla tra le braccia. La sento instabile per un attimo, la sostengo afferrandola per la vita. Lei mi guarda negli occhi e, anche se per un breve istante, non è solo Eliza Doolittle che canta e balla felice della sua conquista nel padroneggiare la lingua inglese. È la mia Alicia. La mia Alicia che amava solo me e non mi avrebbe mai tradito.

Sono costretto a lasciarla sola con altre interpreti femminili. Deve affrontare *I Could Have Danced All Night* che oltre al movimento fluttuante e danzato ha bisogno di tutta la sua estensione vocale. La osservo e la seguo fino alla fine del pezzo, fremendo a ogni suo movimento. Come se potessi fare qualcosa per lei restando qui dietro alle quinte, impedirle di cadere.

Oltre a tutto il resto, oltre alla mia paura che si faccia male, oltre alla disperazione di perderla per sempre, ho anche Michael di cui occuparmi. Gli ho fatto promettere di tirarsi in disparte quando ci dobbiamo cambiare e di non rompere le scatole a nessuno. Vaga tra i camerini con l'entusiasmo di un bambino di sette anni che vorrebbe seguire le orme del padre. Sinceramente spero che cambi presto idea. Sono un pessimo esempio da seguire, su questo ha ragione mio fratello.

Lo ritrovo, di nuovo, nel camerino di Alicia. Maledizione, questo mi vuole morto allora! Se rientrasse lei in questo momento…

«Papà, vieni a vedere cosa ho trovato!»

Mi chiama con un gesto eloquente della mano. Lo raggiungo per scoprire cosa accidenti abbia attratto la sua attenzione lì dentro.

È un album di fotografie e ritagli vari. Fotografie di me con Alicia e con il resto della compagnia. Ma poi anche foto mie e articoli di giornale più recenti. Quando Alicia non era più a Londra. Alcune risalgono addirittura a pochi mesi fa.

«C'è tutto su di te qui, papà! Lo voglio fare anche io un quaderno così! Uguale a quello della mia dolce signora.»

Annuisco in modo molto vago a Michael. Non so cosa rispondere. Ho un nodo in gola che non riesco a mandare giù. Se potessi, se fossi libero di agire spontaneamente sbatterei la testa contro al muro in questo momento.

«Ho trovato qualche cioccolatino e qualche dolce per te, Michael.» Fran, l'amica e assistente di Alicia si presenta sulla porta con in mano una scatolina di dolciumi vari. Michael sorride entusiasta, la ringrazia saltandole al collo e afferra prontamente la scatola di dolci, dimenticandosi di me e dell'album. Fran invece mi guarda e sospira, sembra seccata della mia presenza e della mia scoperta. Mi si avvicina e mi trascina in un angolo, facendo attenzione che Michael non senta. «Alicia ha sempre cercato informazioni su di te. Ogni giorno, voleva conoscere ogni tuo spettacolo, ogni tuo successo. In tutti questi anni non ha mai smesso. Quando non trovava il tempo chiedeva a me di cercare e di raccogliere tutto. Ma non voleva stare senza notizie su di te. Lei ti ha sempre amato, Oliver. Anche se forse tu non lo meritavi, forse non la ricambiavi…»

Che non lo meritassi non lo metto in dubbio. Ma che non l'amassi no, non è vero. Io l'amavo. Io l'amo ancora.

«Volevo sposarla…» Senza rendermene conto lo dico ad alta voce. Fran mi guarda sorpresa, poi stringe leggermente gli occhi su di me. «Sì, la ricambiavo Fran. Anche ora. Ora che lei non mi vuole più.»

Alicia

Il primo atto è terminato. Tutto bene, siamo stati bravi. Io posso resistere. Sono forte e posso resistere. Il mio cuore può resistere. Ai suoi sguardi, al suo tocco, a lasciarmi trascinare tra le sue braccia. Ad aver riconosciuto i suoi occhi, gli occhi di Oliver Sutton e non quelli di Henry Higgins. Ad essermi sentita in quei momenti troppo Alicia Chamberlain e ben poco Eliza Doolittle.

Posso resistere ad avere suo figlio costantemente intorno, quel bambino che mi ferisce come un pugnale in centro al petto pur non avendone colpa alcuna. E posso resistere anche a questa mia maledetta caviglia che mi sta facendo penare, maledizione! Due volte mi ci sono pesata sopra inavvertitamente. Per fortuna sono riuscita a trattenere il dolore e a non lamentarmi esternamente. Sono forte sì, sono decisamente molto forte.

Oliver si preoccupa per me. Percepisco la sua attenzione costantemente, da quando abbiamo iniziato lo spettacolo. In scena lascia che sia io a prendere la maggior parte dei consensi e degli applausi, si ritrae quasi come se lui non li meritasse. E questo è del tutto contrario al suo atteggiamento tipico, al suo abituale egocentrismo. Si trattiene ad osservarmi anche quando sono in scena con gli altri, a meno che sia costretto ad andare a cambiarsi.

Anche Owen non mi lascia sola. Mentre cantavo *Show Me*, sul palco insieme a lui, mi teneva costantemente gli occhi addosso. Che ironia della sorte il fatto che proprio Owen sia l'interprete di Freddy Eynsford-Hill, il pretendente di Eliza in *My Fair Lady*.

Siamo arrivati al secondo atto inoltrato e tutto procede alla perfezione. Sono estenuata anche dai cambi d'abito, ma ormai il peggio è passato. Alla fine, il sogno dei miei primi anni a Londra si è quasi realizzato. Lavorare con Oliver in questo spettacolo, entrambi come protagonisti. A questo punto forse è davvero arrivato il momento che io mi ritiri un po', che mi conceda una pausa.

Posso prendere fiato per un attimo mentre ci sono gli altri in scena. Ho bisogno di rilassarmi, solo qualche minuto per recuperare tutte le energie necessarie per il gran finale. Un finale degno di me, di noi.

Mi siedo nel mio camerino e chiudo gli occhi. Nella mente mi risuonano ancora le parole di Magda: "Ci sono due uomini là fuori e ti amano entrambi, anche se in modo completamente diverso."

«Alicia…»

Fran entra e si china al mio fianco, accarezzandomi le braccia. Quando riapro gli occhi vedo che mi sta scrutando preoccupata, i suoi occhi chiari sono su di me.

«Sto bene, Fran. Mi sto solo concentrando per il gran finale.»

Sorrido, forse anche con eccessiva enfasi. Non posso fingere con lei.

«Cosa farai, Alicia?» Mi sistema alcune ciocche di capelli con cura e poi torna a guardarmi. «Certo non sei costretta a pensarci ora…»

«Non lo so. Davvero non lo so. Mi ritirerò per un po', credo… perché io non posso…»

Non so nemmeno io cosa voglio dire. La verità è che non so neppure cosa posso o non posso fare di me stessa.

«Quell'uomo ti ama, Alicia.» Si mette di fronte a me. «Se anche tu lo ami...»

«Non c'è solo quel tipo di amore, Fran. Non so se io posso accettarlo, ancora. Io... io non so più cosa sia giusto e cosa no. Non so nemmeno più se posso ancora amare e chi. Sono davvero troppo stanca. Oliver... Oliver è stato tutta la mia vita per tanti anni. Dal primo istante in cui i miei occhi si sono posati su di lui, io non ho potuto fare altro che amarlo. Amare Oliver è stata un'esperienza totalizzante per me, assoluta. Non esisteva altro che lui. Qui a Londra, ma anche a New York. Ovunque andassi c'è sempre stato lui. Anche durante il mio matrimonio con Dave c'è sempre stato lui. Infine, quando sono tornata qui...»

«Lo so. Lo so, Alicia. Per questo ti chiedo di riflettere.» Fran mi prende le mani nelle sue. La mia amica, la mia confidente. Cosa farei senza di lei? Sono grata in questo momento che abbia deciso di raggiungermi per aiutarmi ad affrontare questo spettacolo e anche la mia stessa vita. «Sei disposta ad amare ancora così? Proprio questo devi chiedere a te stessa. Perché Oliver ti ama, di questo ne sono certa. Però...»

Oliver. Cosa devo fare con te, Oliver? Se solo lo sapessi...

«Oliver è il mio inferno. È egoista, prepotente, implacabile, orgoglioso. Sa essere l'uomo più insopportabile di questo mondo se ci si mette di impegno, talmente arrogante, presuntuoso e sempre pronto a sfidarti, a distruggerti. Consumerà tutta la mia vita, tutto il mio amore, ancora una volta. Lo so, ne sono certa. Lo conosco. Però... però con la sua dolcezza, la sua passione, la sua tenerezza... avvince il mio cuore in un modo che io non posso controllare e a cui non riesco a resistere. Posso solo desiderarne ancora, ancora... Sprofondare in lui, nei suoi occhi, nel suo modo di guardarmi, di tenermi... e non chiedere altro alla vita e al mondo, soltanto di non tornare più indietro. Restare fra le sue braccia per sempre, anche per l'eternità se fosse possibile. E in quei momenti Oliver si trasforma nel mio paradiso.»

CAPITOLO 18

Oliver

Il finale. Il finale dello spettacolo. Segnerà la nostra fine? Prima non vedevo l'ora che terminasse, ora lo prolungherei in eterno.

Che ne sarà di me? Di noi? Non so darmi pace perché ho la consapevolezza di averla persa. Non è stata la vita o il destino avverso a separarci, sono stato io. Io soltanto.

Mi sto trascinando, ma il mio stato d'animo non deve trasparire. Spero di essere abbastanza bravo da non compromettere la mia interpretazione. Senza di me lei proseguirà la sua carriera e la sua vita. Senza di me lei starà meglio, forse riuscirà ad essere finalmente felice.

L'ultima scena tra Eliza Doolittle e Henry Higgins. Posso manifestare i miei sentimenti per lei ora? Oppure rischio di aggiungere qualcosa alla storia? Di infastidirla, di spingerla ad allontanarmi, a respingermi.

Mi sorride, così bella, così pulita, la mia dolce signora. Quanto c'è di Alicia nell'amore che ora Eliza sembra dimostrare per il suo maestro, per il suo amato e odiato Henry Higgins? Quanto posso sperare che nel cuore della mia Alicia ci sia ancora un po' d'amore per me e che questo amore superi l'odio per tutto il male che le ho fatto?

Nell'ultimo scroscio di applausi mi accorgo che è davvero finito. È tutto finito. Ero così perso in lei da non rendermene conto. È lei ad avvicinarsi a me. E poi di nuovo musica, di nuovo applausi e voci che ci acclamano entusiaste.

«Oliver...» Mi scuote afferrandomi la mano. «Ce l'abbiamo fatta, Oliver...»

Annuisco e le accarezzo il viso, asciugandole una lacrima che percorre la sua guancia verso il mento. È commossa, è bellissima. È davvero la mia dolce signora e se ci fosse qualunque prezzo da pagare io lo pagherei perché tornasse davvero mia.

Entrano in scena anche gli altri attori per gli applausi finali. Ancora e ancora. Per la prima volta nella mia vita non mi importa di ricevere apprezzamenti. Ho fatto del mio meglio, come sempre. Ma per lei. Ho permesso che la sua interpretazione oscurasse la mia quando potevo fare in modo di lasciare lei al centro dell'attenzione. Lo farei ancora, lo farei ogni volta se dovesse capitare di lavorare ancora insieme. Senza rimpianti lascerei ogni applauso a lei.

Ci sono tutti ora. Anche Magda Dwain sale sul palcoscenico. Quella donna che tanto ha dato al teatro, alla musica, a noi tutti. Le devo la mia salvezza. Se non fossi stato forzato ad entrare nella sua compagnia non avrei incontrato Alicia. Forse non avrei conosciuto il dolore di perderla, ma nemmeno la gioia di averla avuta tra le braccia.

Finita l'apparenza, chiuso definitivamente il sipario, ora restiamo soli. Non c'è più un pubblico per cui recitare. Torniamo noi stessi, tutti quanti. Io torno a essere Oliver Sutton, l'interprete principale ma anche l'uomo arrogante e orgoglioso che tutti conoscono. Quello che si prende tutto ciò che vuole quando vuole. Quello che usa le donne e poi le butta via. Quello senza sentimenti.

Mio figlio mi corre incontro. Lo prendo in braccio e mi si aggrappa alla giacca.

«Grande papà!»

Si esalta nell'entusiasmo generale. Sì, sembrano tutti fin troppo felici. Sarà il successo dello spettacolo o il Capodanno. Oppure entrambe le cose. Ho perso la cognizione del tempo, non ho idea di che ora sia, ma mancherà davvero poco alla mezzanotte.

Ci sarà la consueta festa di Capodanno qui dietro le quinte. Tra gioia e stanchezza generale festeggeremo insieme e un nuovo anno avrà inizio. Io non credo che sarò ancora in grado di interpretare questo ruolo senza lei.

Anche mia madre si avvicina. Sorride e per una volta non ha nulla da dirmi, da rimproverarmi. Mi stampa un bacio sulla guancia e resta in silenzio, con gli occhi lucidi.

«Papà, guarda cosa mi ha regalato la nonna!» Michael mi mostra una macchina fotografica digitale che tiene in mano. «Voglio farti tante foto. A te e a tutti! Per il mio album.»

Scende dalle mie braccia e inizia a scattare fotografie a me, poi agli altri. Forse cambierà idea. Forse deciderà di fare il fotografo come mio padre, suo nonno di cui porta il nome. Sorrido e lo seguo con lo sguardo. È invadente e un gran rompiscatole ma riesce a farsi voler bene da tutti. Non come me.

Saluto, sorrido e ringrazio. Cerco di essere gentile. Ma non riesco a interpretare la parte di uomo felice, nonostante i miei sforzi. Riprendo a seguire Michael con lo sguardo, continua a scattare una foto dopo l'altra. La sua collezione si arricchirà molto in fretta di questo passo. Lo seguo finché i miei occhi si fermano su di lei.

Alicia. Alicia, in un angolo del palco, abbracciata a mio fratello. Adesso non è più un mio errore di valutazione, è la realtà. Lui le accarezza dolcemente la schiena, lei con la testa appoggiata sulla sua spalla gli accarezza il viso.

Sento il cuore spaccarsi. Non l'avevo mai persa così. Forse perché prima non l'avevo persa affatto. Ma ora sì.

Devo andarmene, andarmene da qui o rischio di impazzire. Mi ritiro nel mio camerino, quasi con furia mi libero degli abiti di scena e indosso i miei. Velocemente, in qualche modo, voglio solo scappare da qui al più presto. Raccolgo giacca, sigarette e quella maledetta scatolina. Sparisco verso la portina sul retro.

Sull'uscio mi scontro con qualcuno. Mi accorgo che si tratta di Grant Stewart. Gli mollerei un pugno, non tanto perché è lui ma perché ho una dannata voglia di pestare qualcuno e non posso prendere a botte me stesso. O forse sì?

«Te ne vai così?»

Mi dà una spinta all'indietro, obbligandomi a rientrare. Sono colto alla sprovvista e quasi barcollo.

«Non vedo altro modo per andarmene.»

Se vuole fare a botte ha trovato quello giusto. Anche se il tempismo non è dei migliori.

«Cedi così la donna che ami a un altro?»

No, ora non ho più voglia di fare a botte. Ho solo voglia di sparire e andare a compiangermi dove nessuno possa vedermi.

«Lei ha scelto, non c'è nulla che io possa fare.» Replico tranquillamente. «È giusto così.»

Lo oltrepasso senza aggiungere altro e senza permettergli di replicare. Me ne vado. Non voglio più ascoltarlo, non voglio più ascoltare nessuno. Andrò a buttare quel maledetto anello nel Tamigi appena riuscirò a staccarmene, appena mi rassegnerò. Dopo otto anni è la giusta fine per noi due.

Addio anellino caro, non ti vedrò mai al dito della mia dolce signora. Non l'avevo chiamata mai così dentro di me. Michael, accidenti alla sua lingua lunga e alla dolce signora della storia, come la chiama lui.

Lei merita di restare nella compagnia, a fianco di Owen. Lei merita di non avere sempre me intorno. Sarà di nuovo felice, senza me. Owen ha sbagliato, ma io l'ho ferita con la mia crudeltà. Lei mi chiedeva soltanto di fidarmi di lei, del suo amore.

Arrivo di fronte alla nostra colonna di Covent Garden. È diventato il nostro posto. Non ho mai avuto un posto con un'altra. Forse non ho mai avuto davvero un'altra. Solo avventure di cui scordavo immediatamente i nomi e i lineamenti.

È il momento giusto per fumare una sigaretta. La sigaretta della sconfitta, della disfatta. La sigaretta del guerriero che si arrende e abbandona il campo. Mi appoggio alla nostra colonna e sollevo il viso a guardare il cielo. Neanche una stella questa sera. Niente. Solo il blu notte e il freddo gelido. E gente felice e ubriaca che mi passa davanti e mi guarda senza vedermi.

«Il fumo fa male. Il fumo ti rovina le corde vocali.»

No, non lei. Non qui.

«Alicia... cosa ci fai qui?»

Ho visto quello che dovevo vedere. Perché infierire ancora? È venuta a darmi il colpo di grazia?

«Ho zoppicato fin qui con la mia povera caviglia sgangherata, Oliver. Ti sembra il modo di accogliermi?» Mi strappa la sigaretta di mano, fa un tiro e con aria schifata la getta a terra e la calpesta. «Lo devi perdere il vizio di questa robaccia!»

«Comunque non avrò un gran bisogno della voce, per un po'. Voglio lasciare.» La guardo negli occhi scuri e limpidi. Mi accorgo che si è cambiata anche lei. Indossa un abito blu e si stringe infreddolita nella giacca. «Torna dentro, Alicia. Prendi freddo qui.»

«Vuoi lasciare? Va bene, è una tua scelta.»

Si stringe nelle spalle con noncuranza.

«Owen ti starà cercando…»

Non posso nemmeno distrarmi con la sigaretta perché questa perfida donna me l'ha strappata di mano. E se osassi accenderne un'altra farebbe la stessa fine, lo so. Siamo io e lei. I suoi occhi puntati nei miei. I suoi occhi in cui non leggo più alcuna traccia d'amore per me.

Alicia

«Probabile» annuisco e non stacco gli occhi dai suoi. «Probabile che Owen mi stia cercando, come tutti gli altri. Vorrebbero proseguire la festa, non ho capito dove. E io sono la primadonna della serata. Come si dice... "la mia dolce signora" della storia. Qualcuno mi ha chiamata così stasera.»

«Mi dispiace...»

Abbassa la testa per non affrontarmi. Quanto dolore mi ha causato quest'uomo! Se solo lo sapesse. Ma non accadrà più, mai più.

«Tu resti qui? Al freddo, ad accenderti un'altra sigaretta appena io me ne sarò andata?»

Abbasso anche io la testa per cercare il suo sguardo. È ostinato e irragionevole, come sempre.

«Te l'ho detto. Posso fare a meno della voce, tanto non sarò più Henry Higgins. Se ne troveranno uno nuovo.»

«Potresti essere qualcun altro. Magari... Jean Valjean in *Les Misérables*.» Cerco di stuzzicarlo e riesco ad attirare la sua attenzione. «Potresti avere il carattere giusto e mi piacerebbe vederti con un atteggiamento un po' più rude sul palco.»

«Perché? Non ti sembro già abbastanza rude nella vita reale?» Gli strappo un sorriso. La passione nei suoi occhi mi provoca un brivido intenso e involontario, che percorre la mia spina dorsale. «E tu cosa faresti? Cosette? Sei troppo vecchia per fare la parte della mia figliastra.»

«Che meraviglia... da "mia dolce signora" a "troppo vecchia". Quasi torno a farmi corteggiare da tuo figlio, ha modi più carini dei tuoi.» Sorrido anch'io, resisto a fatica alla tentazione di toccarlo. «Comunque pensavo a Fantine, anche se l'idea di morire quasi subito e lasciarti solo a folleggiare non mi ispira particolarmente.»

«Ma la conosci la storia? Ti sembra che io folleggi? Cioè, Jean Valjean, intendo!» Ora ride apertamente e scuote la testa. «Comunque alla fine ti raggiungo, crepo pure io, tranquilla.»

«Uniti nella vita e nella morte.» Annuisco convinta. Torna serio e mi guarda, resta in silenzio.

«Ti ho sentita cantare *I Dreamed a Dream* qualche sera fa.» Si morde le labbra e sospira profondamente. «Vorrei che non pensassi che la vita...»

«È solo una canzone, Oliver. Io non penso che la vita abbia ucciso i miei sogni. Io sono grata alla vita per quello che mi ha dato. Successo, gioia... amore...»

E te. La vita mi ha dato anche te. Nonostante tutto. Il bene e il male. Il paradiso e l'inferno.

«E mio fratello? Lui... ti corteggia nel modo giusto?»

Distoglie lo sguardo. Perché mi fa una domanda se non vuole sentire la risposta?

«Owen... sì, direi che ci sa fare.» Certo che ci sa fare. Owen sa amare davvero. Nonostante gli errori commessi, lui sa amare e dare tutto per amore. «Tuo fratello è un uomo meraviglioso, Oliver. Merita molto dalla vita.»

«Già. E inizio a credere che otterrà quello che vuole, a quanto pare.»

Sento la sua voce incrinarsi. Lo sto facendo soffrire, lo so. Ma devo farlo, non ho altra scelta. Lo vedo fremere. Se potesse sparirebbe dalla mia vista in questo momento. Ma non può. Muovo un passo verso di lui e lo blocco quasi contro la colonna.

«Oliver…»

«Vai via, Alicia. Ti prego… non togliermi anche l'orgoglio…»

Si volta quasi completamente per evitare il mio sguardo. Sta tremando e tremo anche io. Non solo per il freddo.

«Oliver… guardami…» Respiro profondamente e mi sposto, mettendomi di fronte a lui. Poi gli prendo il viso tra le mani, forzandolo a guardarmi negli occhi. «Guardami e dimmi quello che devi dirmi. Perché ti posso garantire, sulla mia vita, che non avrai mai più, mai più un'altra occasione per tutto il resto della nostra esistenza. Ti resterà l'orgoglio però… dovrai fartelo bastare.»

«Io… ti amo, Alicia…» Abbassa la testa, poi la rialza. Riesco a scorgere lacrime nei suoi occhi, lacrime che non è più in grado di trattenere. «Ti amo anche se non ti merito... Ti amo anche se ti ho fatta soffrire, se ti ho umiliata, se ti ho tradita...»

«Oliver...»

Appoggio la fronte alla sua. Avevo bisogno di sentirmelo dire. Un bisogno folle, smisurato. Avevo bisogno di sentirlo e di leggerlo nei suoi occhi.

Mi stringe a sé con forza. La mia gioia, il mio dolore. Il mio paradiso, il mio inferno. Mi stacco da lui e gli prendo le mani. Mi accorgo che sta cercando di nascondere qualcosa in un pugno. Poi invece un lampo attraversa i suoi occhi azzurri, rilascia il pugno e apre la mano.

«Questa era per otto anni fa.» Si stringe nelle spalle mostrando una scatolina scura. «Avrei voluto chiedere... alla mia ragazza di sposarmi.»

«Come mai te la porti dietro ancora?»

Sento il cuore stringersi in una morsa che non mi dà pace. Quasi non riesco più a respirare.

«Perché avrei voluto provare a lottare per lei... e chiederle di sposarmi. Magari proprio questa sera, davanti a questa colonna dove l'ho baciata per la prima volta... Se mi fosse andata male avrei buttato questa stupida scatolina nel Tamigi insieme al suo ormai inutile contenuto...»

Si interrompe e sospira. Fissa lo sguardo sulla scatolina, come se contenesse tutti i suoi sogni, le sue speranze.

«Allora… perché hai cambiato idea?»

«Non ho cambiato idea.» Improvvisamente mi lancia un'occhiata audace, provocante, quasi di sfida. La riconosco, un'altra parte di lui che mi lascia sempre senza fiato. «Sto solo meditando sulle parole adatte per convincerla a scegliere me, a tenermi per sempre e rinunciare così a tutti gli altri. Per farle capire che sono uno stronzo che ha sbagliato tanto… ma che l'amo più di ogni cosa al mondo. E non vorrei sfigurare nel confronto con tutte le altre proposte che avrà ricevuto nella vita…»

«Interessante. Tanto che se fossi quella ragazza potrei prendere in considerazione l'opzione. Tra le tante altre proposte, ovviamente.» Sfioro la sua mano con un dito.

«Sposami, Alicia. Permettimi di renderti felice. Rendimi l'uomo più felice al mondo, mia dolce signora. Ti amo. Ti amavo la prima volta che ti ho baciata. Ti amavo otto anni fa quando volevo chiederti di sposarmi. E ti amo ora che la paura di averti persa per sempre mi sta facendo impazzire… Continuerò ad amarti anche se ti ho persa perché non so amare un'altra che non sia tu.»

Mi fa tenerezza. Quest'uomo così forte, così orgoglioso, così audace, così prepotente. Una tenerezza infinita. Tanto che credo sia arrivato il momento di rispondergli, come merita.

«Mi dispiace, Oliver…» Leggo il terrore nei suoi occhi e un dolore così intenso da poterlo quasi distruggere, da spezzarlo. Soltanto ora comprendo di avere questo potere su di lui. «Mi dispiace, Oliver... ma io non posso... Non posso permetterti di compiere il gesto tanto plateale di lanciare questa scatolina e il suo contenuto nel Tamigi. E mi dispiace davvero, perché ti ci vedrei proprio, sarebbe nel tuo stile. Ma non posso... perché ti amo troppo. Ti amo in modo completamente folle, irrazionale. Ho amato solo te nella vita. Quindi sì... ti voglio sposare, accetto la proposta. Con tutta me stessa, con tutto il mio cuore... voglio diventare la tua dolce signora, ora e per sempre.»

Mi osserva incredulo. Come se bevesse ogni mia parola e mentre inizia a comprenderne il senso è come se in lui tornasse la vita, la luce, la speranza. L'ho fatto soffrire, lo so. E ho fatto soffrire me stessa trattenendomi così. Ho lottato contro il mio cuore che chiedeva solo di amarlo e di lasciarsi amare da lui. Mi sono confrontata con me stessa, con la mia vita, con le persone che mi stanno intorno e a cui voglio bene. E con lui... lui, il mio amore, il mio uomo, il mio compagno nella vita e forse anche nel lavoro. Lui che è e rimarrà sempre il mio tutto, il mio per sempre.

«Hai... hai detto sì?»

Mi prende tra le braccia e cerca le mie labbra affannosamente.

«Ho detto sì.» Sorrido e lo bacio con tutta la passione che mi sono forzata a trattenere. «Ti amo, Oliver.»

«Allora sposiamoci adesso, subito! Amore mio...»

Mi bacia ripetutamente, sembra completamente impazzito, folle di entusiasmo, di felicità.

«Ecco... sei sempre il solito, giusto per evitare gesti plateali...» Rido e lo stringo a me. «Sarà aperto il municipio a quest'ora?»

«Se non è aperto lo butto giù a calci!» Apre la scatolina, trema a tal punto che quasi gli scivola dalle mani. In qualche modo riesce a infilarmi l'anello al dito. «Ecco, prima che cambi idea! Io non ce la faccio a star male così ancora...»

«Non cambio idea! Ma non mi dirai che ti ho fatto soffrire, mio dolce orgoglioso ragazzo...»

Immergo le dita tra i suoi capelli e lo attiro a me, per baciarlo ancora.

«No, non tanto...» Si scosta per un attimo e mi guarda negli occhi. «Mi hai solo strappato il cuore e te lo sei mangiato. Divorato, anzi! Ma non ho sofferto tanto, no...»

Rido sulle sue labbra. Lo adoro. Amo tutto di lui, anche le sue follie, anche il suo carattere talvolta bizzoso e cupo. Perché è parte anche di me.

Un colpo mi fa sussultare. È uno dei primi fuochi d'artificio che segnano la nascita di un nuovo anno. Poi un altro e un altro ancora.

Solleviamo la testa a guardare il cielo. Un nuovo anno, una nuova vita per noi. E il nostro amore rinato, tra i dolori e le gioie, tra l'incomprensione e la fiducia, tra le bugie e la verità. L'unica verità che è sopravvissuta, nonostante tutto. La verità del nostro amore che è stato più forte di tutto e di tutti, anche di noi stessi.

«Ti amo, Oliver…»

Mi stringo a lui e continuo ad ammirare quei meravigliosi bagliori nel cielo.

«Ti amo anch'io, Alicia. Ti amo tanto, mia dolce signora.»

PLAYLIST

I Could Have Danced All Night, "My Fair Lady"

Wouldn't It be Loverly?, "My Fair Lady"

Show Me, "My Fair Lady"

The Rain in Spain, "My Fair Lady"

I Dreamed a Dream, "Les Misérables"

RINGRAZIAMENTI

Capodanno per Due – Mia dolce Signora è la seconda storia della serie *Un destino tra le tue braccia*, iniziata con *Natale per Due*. Proprio in *Natale per Due* Alicia Chamberlain aveva fatto la sua prima breve comparsa e mi aveva fornito l'aggancio per continuare con una vicenda più matura e complessa. Nella storia a lei dedicata si trasferisce a Londra per interpretare il ruolo della protagonista del musical *My Fair Lady*. Qui veniamo a conoscenza del suo passato e del suo amore per Oliver Sutton.

Anche questo romanzo breve, come gli altri della serie, era uscito nel 2015 con lo pseudonimo di Sam Severide. E anche questa volta un seguito non era contemplato, poi però ho deciso di continuare con *San Valentino per Due* e infine *Estate per Due*.

Ora ritrovate qui il volume singolo di *Capodanno per Due*, in una nuova versione ampliata e corretta. Molti passaggi sono stati approfonditi senza alternare la struttura della storia.

Ringrazio, come sempre, le persone, i luoghi, le emozioni che influiscono sulla mia scrittura, sulle storie che decido di ricordare, di strappare dall'oblio, di approfondire e a cui presto la mia "voce" perché siano raccontate. In questo caso specifico ringrazio Londra e tutti i ricordi che trattengo nel cuore.

Ringrazio tutti i libri che ho letto e che continuo a leggere, da sempre mi accompagnano e forniscono una base solida, preziosa e insostituibile alla mia scrittura.

Ringrazio, in questo caso particolare, il meraviglioso mondo del musical, la sua magia, la sua intensità, la sua energia e carica vitale per essere entrato a far parte della mia esistenza e avermi accompagnata nel corso degli anni.

Ringrazio la mia casa editrice, Ghostly Whisper Ltd., e i miei correttori di bozze, tanto preziosi per me.

Ringrazio la mia famiglia per il sostegno costante e per l'incoraggiamento a non abbandonare mai la scrittura.

Ringrazio chi ha scelto di leggere questa mia storia, spero di avervi regalato un po' di emozioni e destato qualche curiosità riguardo il mondo del musical. Spero vogliate leggere anche le altre storie della serie e vi aspetto con Amber e Aron in *San Valentino per Due*!

Grazie ancora a voi tutti!

Barbara Morgan legge e scrive da sempre. Predilige urban fantasy, horror, distopici e fantascienza ma si avventura spesso in altri generi. Lavora nell'ambito della scrittura, dell'editoria e della moda. Laureata in lingue e letterature straniere, specializzata in letteratura inglese, letteratura americana e letterature comparate, ha vissuto tra Inghilterra, Francia, Italia, Svizzera e Stati Uniti, per poi trasferirsi in Irlanda, dove organizza eventi culturali e book club. Traduce dall'inglese, dal francese e dallo spagnolo.

Ghostly Whisper, la Casa Editrice che ha fondato in Irlanda, è un po' la sua storia.

Website: https://www.barbara-morgan.com

Facebook: https://www.facebook.com/BarbaraMorganAuthor/

Instagram: https://www.instagram.com/barbaramorganbooks/

Twitter: https://twitter.com/BabsiMorgan